RENOUVEAU

PAR

M. CADILHAC

AVOCAT

Membre du Conseil général de l'Hérault

PARIS

AMBROISE BRAY, LIBRAIRE - ÉDITEUR

RUE CASSETTE, 20

1865

RENOUVEAU

RENOUVEAU

PAR

M. CADILHAC

AVOCAT

Membre du Conseil général de l'Hérault

PARIS

AMBROISE BRAY, LIBRAIRE - ÉDITEUR

RUE CASSETTE, 20

1865

Comme, en son antre, Barberousse
Dormit, — et dormit si longtemps,
Que son poil crût comme la mousse,
Aux pieds du chêne de cent ans :

Ainsi, plongé dans l'ombre épaisse,
Dans une caverne de deuil, —
L'herbe de l'oubli, la tristesse,
Sept ans poussèrent à mon seuil !

Prenant pitié de ma souffrance,
Dieu mit en moi l'*homme nouveau*,
La foi, l'amour et l'espérance : —
Lecteur, souris au *Renouveau !*

Puisserguier, près de Béziers, 26 mars 1865.

DÉDICACE

A toi ces vers, ange fidèle
Par qui je suis encor vivant !
Tu n'es point, toi, cette hirondelle
Qui s'en retourne avec le ven' !

Oui, là-bas, frileuse et légère,
Vers d'autres cieux elle s'enfuit,
Du doux été la messagère,
Lorsqu'ici l'automne bruit !

Lorsque la raffale et la pluie
Fouettent les vitres du manoir ;
Que, sous le brouillard on s'ennuie ;
Et qu'à l'horizon, — tout est noir !

Elle fuit l'hiver si morose,
Notre tristesse et les autans : —
Il faut le parfum de la rose
A cette fille du printemps !

Voilà sept fois qu'à tire d'aile,
Elle vole au-delà des mers... —
A ton nid, toi, toujours fidèle,
Tu m'as fait des jours moins amers !

Grâce à toi, — cette brume épaisse
Glaçant et l'âme et la raison
De l'homme qui souffre sans cesse, —
N'assombrit plus mon horizon !

Oui, pendant sept ans, sous ton aile
Je fus tièdement abrité,
Douce compagne, — tourterelle
D'amour et de fidélité !

Sept ans, à mes pas asservie,
Pour me rendre le cœur plus fort,
Tu divorças avec la vie,
Et tu vécus avec la mort !

Toi, si gaie, à mes cris funèbres
Tu te condamnas sans retour,

Et t'enfonças dans mes ténèbres,
Afin d'y ramener le jour!

Si belle, hélas! et si bien faite
Pour la joie et pour le bonheur,
Et pour les couronnes de fête,... —
Tu ne fus qu'un souffre-douleur!

Arc-en-ciel, quand j'étais nuage,
J'étais la nuit;.... tu fus le jour!
Dieu récompense ton courage,
En me rendant à ton amour!

A qui veux-tu que je dédie
Ces vers?... à qui?... sinon à toi
Qui mis dans mon âme engourdie
Cette chaleur qu'on nomme foi!

Au fond de mon cœur, ma pensée
Dormait, — plus froide qu'un glaçon... —
Tu l'éveillas! — et, caressée,
Ma lyre enfin rendit un son!

A toi donc, à toi, douce amie,
Ce parfum qui de mon cœur sort:
A toi, qui m'as donné la vie,
Lorsque je te donnais la mort!

Comme la douce perce-neige
Fleurit aux glaciers, — tels ces vers
Et ces poëmes que j'abrège,
Fleurirent, — au cœur des hivers !

A l'arbre expirant de froidure,
A ses rameaux secs et détruits,
Tu fis repousser la verdure !...
A toi, ses fleurs ! à toi, ses fruits !

LIVRE PREMIER

MES AMOURS DE LA TERRE ET DU CIEL

ADMIRATIONS ET AFFECTIONS

REGRETS ET ESPÉRANCES

OMBRES ILLUSTRES

SA MÉTAIRIE

A LA MÉMOIRE DE MON PÈRE

« *Laborando.* »
(Ma devise.)

Au cœur d'une garrigue [1], au revers d'une côte,
Où le vendangeur sue, en septembre, — à la hotte
Qui va dans la comporte entasser le raisin, —
Il est une maison adossée à la roche,
Et n'ayant pour tout bruit que le bruit de la cloche
    Qu'agite l'ermite voisin !

[1] Dans le langage du Midi, terrain rocailleux et rougeâtre.

Maison n'est pas le mot. — C'est une bergerie,
Que fort improprement on nomme métairie;
Vierge de métayer, de cellier et de fûts! —
Janvier fait sentir là sa bise et sa froidure...
Mais bientôt mai qui vient couvre tout de verdure,
    De pampres riants et touffus!

Les sentiers d'alentour ont une odeur agreste,
Que répandent au loin et le souffle et la veste
Du paysan qui vient aux abris s'héberger.
J'ai des amours d'enfant pour ce site champêtre,
Et suis heureux d'y voir l'agneau bondir et paître
    Sous la houlette du berger!

Le terrain, étagé de vignobles sans nombre,
De frais plantiers [1], donnant un ombrage sans ombre,
Réjouissant les yeux de sa fécondité,
N'était jadis qu'un sol infertile et sauvage...
Mais le travail y mit l'ouvrier et l'ouvrage...
    Et le mort fut ressuscité!

Et maintenant partout, ce terroir, on le cite!
La souche bien venue, en pleine réussite,
Y pousse un fier rameau qu'elle enlace au figuier!

---

[1] Plantations de vignes de fraîche date.

Il n'est point de cœur froid que n'allume et ne chauffe
Vin de la *Métairie* ou vin de *Saint-Christophe* :
    Ces deux coupes de *Puisserguier!*

Plein de séve et d'ardeur, de saveur et d'arome,
Et de cette senteur suave, — dont s'embaume
Toute plante qui pousse au grand air, sur le roc, —
Il est, assaisonnant toute chose un peu fade,
Gaîté du languissant et santé du malade,
    Et parfume lèvres et broc!

Ce soleil dont le dard tout le jour le pénètre
Lui donne une couleur qui le fait reconnaître
De tout dégustateur à l'œil intelligent!
A d'autres d'emprunter à la fraude un visage;
Lui, de ce rouge vif, de tout bon vin présage,
    Étincelle aux coupes d'argent[1]!

A monsieur Legouvé toutes mes déférences!...
Je partage ses goûts et j'ai ses préférences :
Que Chypre soit donc pape... Aquila, cardinal[2]!

---

[1] Une petite coupe d'argent sert de *criterium* au commerce du
Midi pour ses dégustations.

[2] Allusion à la *Bataille des vins* dans le drame : *Les deux Reines,*
par M. Ernest Legouvé, de l'Académie française, publié dans les
Débats.

Mais que mon cru modeste, à son rang sur l'échelle,
Avec Bourgogne, Aï, Bordeaux et la Rochelle,
   Soit « pair de France, à titre égal ! »

Possesseur fortuné de cet Éden si riche,
Et si pauvre autrefois, quand il était en friche,
Que de reconnaissance au paternel colon
Qui donna l'oasis au désert solitaire,
Et fit partout pousser le cep sur cette terre
   Dont il fut le nouveau Colomb !

La colline par lui fut abaissée en plaine...
Ce sol, mamelle vide, — et maintenant si pleine
Du lait que son amour fit regorger au sein, —
Voyait flotter sa tente, à la naissante aurore...
Et souvent, à nuit close, on l'y trouvait encore,
   Des travailleurs pressant l'essaim.

Comme Moïse, au roc frappé de sa baguette,
Fit jaillir et le flot et la source, — que guette
De l'Hébreu, plein de soif, l'impatient regard,
Ainsi fit-il jaillir la source de la vie
Des entrailles en feu de la glèbe asservie
   A la pioche du montagnard [1] !

[1] La vigne pullule dans l'*Hérault*, à ce point que les bras de la
plaine n'ont pu suffire à l'exploitation. Il a donc fallu avoir recours

Soins et soucis donnaient l'insomnie à sa couche ...
Il n'est pas un lopin, il n'est pas une souche,
Que n'ait fertilisés ce maître remuant!
Point de brin, de rameau, de racine, de branche,
Que, sous la vague en feu que le soleil épanche,
    N'ait arrosés son front suant!

Aussi les trois enfants qui peuplent ta demeure,
Le foyer où le cœur te cherche, où l'œil te pleure,
Ne t'oublîront jamais, patriarche d'honneur,
Qui, sans cesse debout sur de nouvelles brèches,
N'avais qu'une pensée : — à la pointe des bêches,
    Ouvrir passage à leur bonheur!

Du haut du ciel, sans doute, à cette métairie,
Pleine de ton vestige et de ta rêverie,
Tu jettes un regard qui la féconde encor :
Car la vendange est bien comme tu l'as rêvée...
Et, sous la vis de fer qui presse la cuvée,
    Un Pactole roule de l'or!

O *carignan! muscat! aramon! alicante!*
Qui donnez son bouquet au sixain qu'on décante,
Et, dans un rouge-bord versez un flot vital,

à la montagne. Cette dernière, quand vient la *saison de la bêche*,
nous envoie ses enfants par *avalanches*.

A vous ce chant d'amour et de reconnaissance ;
Le premier fut au dieu de ma convalescence,
  Le second est au sol natal !

O père ! aux trois enfants qui poursuivent leur tâche,
Dont le cœur généreux, comme le tien, s'attache
A chaque arpent béni, sous tes yeux remué,
Souris : à tes leçons, aux leçons de Virgile,
A pétrir ce limon, comme un potier l'argile,
  Chacun d'eux s'est évertué !

Couronnés par deux fois dans ces tournois rustiques,
Où revivent la Grèce et ces jeux olympiques
Qu'ont immortalisés et Pindare et ses vers,
Lice ouvrant à l'effort la carrière plus belle,
Les palmes du labeur, ces lauriers de Cybèle,
  Sur ta tombe sont encor verts !

A toi, l'ami des champs,... et surtout de la vigne,
Ces médailles d'honneur, viticulteur insigne
Que les fraîcheurs du sol criblèrent de douleurs,
Qui n'avais de bonheur qu'à voir brasser la terre,
Et qui, dans les sillons transformés en parterre,
  Savais mettre des fruits pour fleurs !!!

II

SON ARMOIRE

A LA MÉMOIRE DE MA MÈRE

Toi qui ne connais point la rouille,
Ni la poussière, ni l'oubli,
Qui de la sainte eus la dépouille,
Quand son corps fut enseveli !

Toi que cherchent mes yeux, armoire,
Qui, depuis qu'elle m'a quitté,
A mes regrets, à sa mémoire
Donnes une hospitalité ;

Qui vis sa joie et ses tristesses,
Sa bienvenue et son départ,
Qui dans sa vie et ses tendresses
Eus, avec moi, si large part!

Cher meuble, — à chaque anniversaire,
Vers toi tu me vois revenir
Pour recompter tout ce que serre
Le recoin plein de souvenir.

Dans les tiroirs faisant le vide,
Remuant tout à pleine main,
Je dévore d'un œil avide
Les trésors qu'enferme ton sein!

Regorgeant d'épargne croissante,
Il emprisonne beaucoup d'or,
Mais de ma pauvre et chère absente
Ce n'est que le moindre trésor!

Don d'une avarice sublime,
Elle-même se le vola...
Sa pensée et sa vie intime,
Elle et son cœur, ils sont bien là!

Je la retrouve tout entière
Aux débris répandus partout,

Et dont on baise la poussière, —
Aux riens qui, pour le cœur, sont tout!

Vestiges que l'on éparpille,
Le front pâle et le cœur glacé,
Qui révèlent à la famille,
Tous les mystères du passé! —

Voici, rangé sur l'étagère,
Tout ce qu'ont manié ses doigts;
Son attirail de ménagère,
Sa peine et son charme à la fois! —

C'est le dé, le fil et la soie,
Le cordon, le passe-lacet,
Chaque outil qui faisait sa joie,
Au travail qui la délassait!

C'est l'étui, l'écheveau de laine,
Hélas! à peine démêlé!...
On dirait que de son haleine,
Un arome à tout est mêlé!

La voici plus avant encore
Aux choses que le cœur chérit...
A ces épaves qu'il adore,
Auxquelles il pleure et sourit!

Voici la couronne et le voile
De première communion :
Mystère où l'homme se dévoile,
De l'âme à Dieu, trait-d'union !

Belle de jeunesse, et ravie
De l'aube et des souffles du jour,
Alors, au soleil de la vie,
La fleur s'ouvrait avec amour !

Mais peu dura l'heure prospère
Pour cette fille du matin...
Glissant à ses pieds, la vipère
L'empoisonna de son venin !

Cette robe de fiancée,
Dont ma main défroisse le pli,
Rend plus amère ma pensée...
J'appelle à mon aide l'oubli !

Voici sa croix et son rosaire,
Livre d'heures, petit missel,
Partout aux choses de la terre
Se confondent choses du ciel !

Des violettes défleuries,
Que recèlent mantille et schall,

Imprègnent ces hardes chéries
D'une senteur qui vous fait mal!

Voici l'anneau de fiançaille,...
Des nœuds de ruban,... un feston,...
Son modeste chapeau de paille —
Et tout à côté, — son bâton!

Pauvre bâton!... Sa main peu sûre
Le prêtait à ses pauvres pieds,
Par les grands froids et l'engelure,
Depuis novembre estropiés!...

Ainsi, tout objet la retrace...
D'elle vide, tout d'elle est plein...
·Partout je retrouve sa trace...
Partout ma main serre sa main!

Pauvre mère!... Santé si frêle!
Dans le travail et dans le soin,
Elle vécut, triste!... — et, sans elle,
Ce meuble est triste... dans ce coin!

Méconnue autant que modeste,
Ame sans fard et sans orgueil,
Elle a fui... mais son parfum reste
A nos pauvres âmes en deuil!

Digne mère! ô lis dans un cloître!
Depuis, hélas! que tu n'es plus,
Chacun voit son amour s'accroître
Du souvenir de tes vertus!

Ah! Celui qui là-haut mesure
Les choses, les êtres d'en bas,
Te rend sans doute avec usure
Tout ce qu'on ne te donna pas!

Cœur naïf, vierge d'artifice,
Qui te révélais sans détour;
Toujours, à tous rendant justice,
Tu reçois justice à ton tour!

Oublie une existence amère!
Bois à la coupe des élus!
Recommande à *la bonne mère*,
Mère, — les fils qui ne t'ont plus!

Et toi, que chérit ma tristesse,
Qui vis bienvenue et départ,
Qui, dans sa vie et sa tendresse,
Eus avec moi si large part...

Témoin de l'heure mortuaire,
D'elle secrète floraison,

De mon cœur sois le sanctuaire,
La relique de ma maison !

Mars 1865.

III

LE LOGIS DE L'ABSENTE

A VIRGINIE

> *Rosa mystica...*
> (Lit. de la Vierge.)

Cette sombre maison avec sa girouette
Au cri triste et plaintif, comme un cri de mouette,
Dont le toit et le seuil tremblent aux quatre vents,
Sans lumière, sans air, sans vivant qui l'habite,
Comme un cloître fermé, veuf de son cénobite,
Fut pleine de lumière, et d'air et de vivants !

Nul regard aujourd'hui, nul souffle n'y pénètre...
La mousse et le lichen croissent à la fenêtre,
Close comme les yeux d'un pauvre trépassé ;

On voit que ce logis où toute chose pleure,
Est un logis sans maître, et que cette demeure
  Est la demeure du passé!

Le passé!... devant moi ce fantôme se dresse,
Plein de charme; — à l'amour ajoutant la tendresse,
La rêverie au rêve, et l'ombre au souvenir!
Au milieu de la nuit, dans un songe, il m'éveille,
Il me parle... et sa voix enchante mon oreille...
Il me regarde,.. et là je la vois revenir!

Pauvre ange!... quel exil!... et quelle longue absence!...
A mon réveil, depuis le jour de ma naissance,
L'avoir eue!... et la voir s'en aller tout à coup!...
Ah! le sort est cruel! cruelle, sa morsure!...
A mon cœur saignera longtemps cette blessure,
  Retentira ce contre-coup!...

Voici le doux foyer, veuf, hélas! de sa flamme,
Où le corps sommeillait parfois ainsi que l'âme;...
Où nous faisions flamber le grand *souc de nadal* [1],
Lorsque remplissant l'air de joyeuses volées,
Nadalet [2] se mêlait aux lyres étoilées
Qui bercent dans les cieux le berceau triomphal!

---

[1] Appellation sous laquelle le peuple du Languedoc désigne la bûche de Noël.

[2] Carillon qui tous les soirs, pendant neuf jours consécutifs, annonce l'approche de Noël.

Tisonnant, tout rêveur, dans le monceau de cendre
D'où monte la bluette, amie au regard tendre
Et doux, comme celui de l'ange Gabriel,
Ainsi qu'à tout parfum la brise prête une aile,
Ainsi nos cœurs brûlants avec chaque étincelle,
    Compagne ailée, allaient au ciel!

Dix heures!... c'est bien l'heure!... au pavé tout humide
Retentit le sabot du pastoureau timide
Qui met une sourdine à son pas en entrant!...
Le corps enveloppé dans sa cape de laine,
Il ne peut réchauffer ses mains à son haleine;...
Mais bien plus que le froid, l'amour est pénétrant!

Blanc de lumière et d'or, de fleurs et de dorures,
Le maître-autel est beau de toutes ses parures,
L'encensoir jette à flots ses parfums caressants,
Et l'orgue, l'harmonie, et l'âme, la prière,
Et, sous le firmament, blanc aussi de lumière,
    L'ange a son hymne et son encens!...

Mais la clochette tinte, à la main du lévite,
Qne le chrétien tardif s'agenouille donc vite
Et recueille son âme heureuse en s'immolant!
Avec l'*Introïbo* s'ouvre le sacrifice...
Et près du vieux berger qui l'offre pour prémice,
L'agneau cherche l'autel et s'avance en bêlant!

Gloire au plus haut des cieux, à Dieu!... paix sur la terre
A la vierge innocente, à l'homme débonnaire !...
Rendons grâce ! louons! adorons! bénissons!
Que chacun glorifie, au trône de sa gloire,
Le Dieu d'amour, de foi, qu'il faut aimer et croire !
     Maître auquel nous obéissons!

Debout! — les cœurs, les fronts, en haut dans la lumière !
Le pied, la terre, en bas, dans l'ombre et la poussière!
Laissons-nous emporter au vol du char de feu
Qui ravissait au ciel le sublime prophète!...
Dieu qui veut se donner pour festin, à la fête,
Vers nous avec amour descend! — montons vers Dieu !

Cependant à la tour que le clocher domine
Deux heures ont sonné! — chaque hôte s'achemine,
Portant mante ou mantel, au seuil de sa maison !
La messe de la nuit et de l'aurore — est dite!...
Il est temps, ô chrétien! de regagner ton gîte!
     Et de clore ton oraison!

Les pieds sur le chenet, chacun se pâme d'aise...
Le *ressoupet* [1] grésille et fume sur la braise...
L'œil que rouvre la flamme est comme elle brillant,
La bouche toute grande aux rires est ouverte...

[1] Repas que l'on prend au retour de la messe de minuit.

Le propos est joyeux, — la gaîte vive et verte,
Et petillent, avec l'olivier petillant!

Après le reconfort, une molle couchette
Toute chaude reçoit le dormeur en cachette...
De joie à son contact — Il se sent tout frémir...
Un sommeil léger ferme une lourde paupière...
Et l'on s'endort avec un songe, une prière,
        Bons, — à vouloir toujours dormir!

Voici le premier coup annonçant la grand'messe..,
Chacun de son repos a savouré l'ivresse...
Et mêle son Noël à ce Noël si beau
Qui fait frémir d'amour la cloche, écho des heures,
Dont la voix triste ou gaie, âme de nos demeures,
Est idylle au baptême, élégie au tombeau!!

Au troisième sonnant, chacun sort de sa boîte...
Pour la foule et le flot l'Église est trop étroite...
Le maire et le curé songent à l'agrandir...
Tout front est gai, tout cœur chantant comme un cantique,
Et cette joie aimable, et naïve, et rustique,
        Avec le jour semble grandir!

Au retour, près du feu la table est encor mise,
Tout est blanc comme hier, neige, nappe, chemise,
Et la terre et le ciel — et plaines, et hameaux.

Soit que l'homme-Dieu naisse ou bien qu'il ressuscite
Ce sont deux jours qu'on aime, et deux jours que l'on cite :
Pâques et la Noël sont deux divins jumeaux!...

Ah! cette belle fête, à toi, c'était ta fête,
Pauvre fille au cœur d'or! chrétienne si parfaite,
Vierge au nom virginal! ange de la maison,
Lis de Noël, éclos au cœur de la froidure,
Et qui, malgré la neige, avait une verdure,
    Un printemps! une floraison!

Jour de délices! nuit suave et sans pareille!...
Que vous saviez charmer mon cœur et mon oreille
Et rendre l'*enfant* gai comme un *émérillon!*
O *Nadal* si flambant! ô *Nadalet* si tendre!
Qu'il aimait à te voir, qu'il aimait à t'entendre,
Joyeux et gai tison, — non moins gai carillon!

Hélas! en trébuchant, mon pied glisse à la pente
De quarante-sept ans. — plus de gaité pimpante!...
Plus de croyance fraîche et de naïf enfant!
Et pourtant j'écrirais et maint et maint volume,
Avec ce que tout bas racontent à ma plume
    Cette nuit, — ce jour triomphant!

Lorsque l'on se souvient, c'est alors qu'on oublie :
C'est pourquoi sur le flot de ma mélancolie.

Je laisse errer mes jours,... et ma veille, — souvent :
A l'homme il faut toujours un peu de rêverie...
A la réalité la riante féerie...
L'on ne vit et l'on n'a de bonheur — qu'en rêvant !!

O déserte maison, de tristesse imprégnée,
L'oubli règne à ton seuil; à tes murs l'araignée :
Plus de nid d'hirondelle, et de chansons au toit !
De tout ce qui te manque, ah ! mon âme est avide ;
Car il n'est rien qui soit plus vide que ce vide,
Plus morne et plus froid que ce froid !!!

Il me glaçe le cœur, absente bien-aimée !
Ce cœur est clos devant cette porte fermée,
Nu devant ces murs nus — désert devant ce seuil !...
Te cherchant... à la fois je te perds et te trouve,
Et je ne saurais dire, hélas ! ce que j'éprouve,
Quand je t'appelle en vain, de la voix et de l'œil !

Ah ! qu'est-ce donc de nous ! qu'on la dise sublime,
Cette raison qui mène au vertige,... à l'abîme...
Navire que le vent brise, au sortir du port :
Pour moi, je ne sais point proclamer sa puissance,
Et ne peux que gémir, hélas ! de cette absence
    Bien plus cruelle que la mort !!!

A force de creuser, profonde et condensée,
L'idée à ce sillon que l'on nomme pensée,
Un nuage voila ton soleil radieux!...
Pareille à ce Pascal, ton frère en solitude,
Qui promenait partout sa sombre inquiétude,
Tu ne voyais qu'abîme ouvert devant tes yeux !

Hélas ! l'isolement eut toujours son ivresse,
Son charme décevant, sa trompeuse caresse!...
La sirène à l'écueil entraîna ta raison!...
Aux recoins de ton cœur et dans ce coin de terre,
Tu fus trop souvent seule, ô chère solitaire !
    Le cloître a tué la maison !

Cher ange ! — prions Dieu, — ce père de ton père,
Qu'il te rende à mon cœur auquel il dit : « Espère »
A cette maison vide, à ce doux air natal,
Afin que nous puissions, rallumant ce vieil âtre,
Mêler notre cantique au cantique du pâtre,
Dans la nuit où tout flambe, — âme et *souc de Nadal !*

2.

IV

MARGUERITE LA FILEUSE

O toi qui berças mon enfance,
Au bruit du fuseau, du rouet,
Toi, mon rempart et ma défense,
Lorsque de coups on me rouait!...

Dont la gaité récréative
Réjouissait ton nourrisson,
Qui n'étais point rébarbative
Envers ce maître polisson !

O Marguerite la fileuse,
Qui tant aimais à tisonner,

Quand venait la saison frileuse
Au coin du feu t'emprisonner !

Que de contes et que d'histoires,
Doux trésor d'un baiser payé,
Dans ces hivers et ces nuits noires,
M'ont amusé, m'ont effrayé ! !

C'était l'*Ogre borgne* et sa botte...
Petit Poucet, de peur mourant,
Et *Geneviève* dans sa grotte,
Et les grands yeux de *mère-grand !*

Et *sœur Anne* qui se désole
De ne rien voir venir, hélas !
Barbe Bleue et sa noire geôle,
Et son terrible coutelas !

Belle au bois dormant, — *fée Annette*
Qui brode, — travail sans pareil, —
Pour sa filleule *Persinette*
Des robes couleur de soleil !

Et puis encor *Mandrin, Cartouche,*
Ces deux chevaliers d'argent-court,
Ces détrousseurs à l'air farouche,
Qui se font pendre haut et court !

Mélange de fable èt d'histoire
Qui me charment pareillement,
Qui, dans mon cœur et ma mémoire,
Viennent mettre un tressaillement!

Après ces jours de saison morte,
Quand l'été déridait le seuil,
De bras en bras, de porte en porte,
Tu me montrais avec orgueil!

O fille si simple et si bonne,
Si pleine de cœur, de raison,
Qui n'offensas jamais personne
Et fus l'âme de ma maison!

De ton *bébé* l'étourderie
Te coûta cher plus d'une fois,
Quand d'*Ascagne* l'espiéglerie
Du bon *Énée* enflait la voix!

Des reproches quand il se joue,
A ses révoltes obstiné,
Souvent tu reçois sur ta joue
Le soufflet à lui destiné!

Il en eût souffert, sans nul doute...
Mais pour toi c'est revenant bon!

Rire aux dents, tu reprends ta route,
Ayant au dos ton vagabond !

Et tu ne veux pas que je t'aime,
O Marguerite, au nom si doux,
Qui, chantante comme un poëme,
M'as tant bercé sur tes genoux ?

Hélas ! tu vis mourir ma mère,
Et tu n'as pu me voir mourir ;
Tu n'as vu de ma vie amère
Que les jours qui m'ont fait souffrir !

Une muse [1] a rompu ce charme !
Les beaux jours frappent à mon seuil,
Et tu pars, toi qui, d'une larme
Saluais déjà mon cercueil !

Tu pars, ma bonne Marguerite ;
La mort te prend comme un jouet...
Et je n'entends plus dans mon gîte
Ni ton fuseau, ni ton rouet ! !

[1] Celle à qui est dédié ce volume.

Puisserguier, mars 1865.

V

AVRIL

Poëte, il est enfin venu, le mois aimé !
La brise est plus suave, et l'air plus parfumé,
    L'onde murmure sous les branches ;
La perle du matin tremble sur le buisson...
Et l'hirondelle fait son nid et sa chanson
    Au toit des maisonnettes blanches !

Tout respire, s'agite, et se ranime, vois...
Partout que de lumière !... écoute ! que de voix !
    Quelle fraîcheur délicieuse !
Du milieu des cités et du sein des forêts
Que de vie il s'exhale !... et toi, tu resterais
    Morne, — l'âme silencieuse ?...

Non! le vent de Dieu souffle, et l'espace est ouvert...
Va donc!... et que là-bas, sous le feuillage vert,
    Flotte ta robe virginale!
Par l'ombre des sentiers, par le soleil des champs,
Cours, — et, jeune inspiré, mêle tes chants aux chants
    De l'alouette matinale!

Le cœur tout palpitant de frissons amoureux,
Abandonne au hasard ton pas aventureux,
    Abreuve-toi de poésie!
Et tout le long du jour, laisse bien chevaucher,
Du rocher au vallon, du vallon au rocher,
    Ta vagabonde fantaisie!

Poëte, enfonce-toi dans le bois vaste et noir !
Épanche ta tristesse, au seuil du vieux manoir,
    Ta joie, au seuil de la chaumière!
Si tu veux être grand, sois libre — c'est la loi,
Et, ta large poitrine ouverte, enivre-toi
    D'air, d'harmonie et de lumière !

A la cité voisine, à l'horizon lointain,
A l'étoile du soir, au rayon du matin,
    Au vent qui tonne ou qui soupire ;
Au gazon qui sourit, à la rosée en pleurs,
Aux arbres, aux ruisseaux, aux nuages, aux fleurs,
    A toute chose qui respire.

Ici-bas et là-haut, penseur trois fois béni,
A l'homme dans l'espace, à Dieu dans l'infini,
    A la mer, aux cieux, à la terre ;
Au silence des nuits, au murmure des jours,
A ce qui dit jamais, à ce qui dit toujours,
    A tout demande son mystère !

Et toujours, songe à Dieu ! car ce n'est pas en vain,
Poëte, qu'en ton âme il mit le feu divin,
    L'éclair sacré dans tes prunelles ;
Et qu'il te fit un cœur si vaste, si profond,
Qu'il ne pût le combler qu'en y jetant, au fond,
    L'amour des choses éternelles ! ! !

VI

MÉLANIE

Dolorosa !...

Il est, dans un vieux presbytère,
Ayant pour hôte un vieux curé,
Au vieux clou d'un mur solitaire,
Un vieux portrait peinturluré ;

La couleur en est fort grossière...
On l'époussette rarement...
C'est pourquoi fumée et poussière
Le dégradent pareillement ;

Celte lourde et pâteuse croûte,
Œuvre d'un obscur Raphaël,

3

Rit à mes yeux sous cette voûte,
Plus que l'astre aux voûtes du ciel.

Elle est, sous sa teinte effacée
Et sous son vernis fruste et vieux,
Comme une joie à ma pensée,
Comme un talisman à mes yeux !

Si pur, si frais est ce visage,
Et ce regard si souriant,
Qu'il m'attire, — comme un mirage
Attire l'aimable Orient ;

Devant cette image enfumée
Et ce portrait si gracieux,
Je me sens l'âme parfumée,
Je ne rêve que pour les cieux !

La suave et chaste Marie,
Ce lis de la virginité,
Ce rêve de la rêverie,
Ce type... de maternité,

Elle est là... sa lèvre entr'ouverte,
Prêtant sa grâce à ce taudis,

Groupant sous sa tunique verte
Tous les anges du paradis !!

Etoile dans une mansarde,
Où je voudrais fort résider;
Plus cette vierge me regarde,
Et plus j'aime à la regarder !

Cette princesse de mes rêves,
Cette mère des sept douleurs,
Au cœur traversé des sept glaives,
A l'œil souriant dans les pleurs,

Pour d'autres ne serait pas belle :
Mais moi, si j'aime ce portrait,
C'est qu'il me peint et me rappelle
Quelqu'un que j'aime... trait pour trait !

C'est ma pauvre sœur Mélanie,
L'ange gardien de mon foyer,
Fille du ciel, douce Uranie,
Que Dieu daigna nous envoyer !

Pauvre sœur ! elle est une lyre,
Vibrant de douleur, de regret,

Sous la blessure qui déchire
Son cœur par un glaive secret :

Toujours affligée et dolente
Sous sa grise robe de deuil,
Elle est l'élégie ambulante
Qui pleure sur chaque cercueil ;

Il n'est point de peine qui n'ouvre
La source pure de ses pleurs,
De douleur qu'elle ne découvre,
Pour y confondre ses douleurs :

Maint épisode, de sa vie
Révélerait tout le parfum ;
De les conter j'ai grande envie...
Mais sur mille, je n'en prends qu'un !

C'était l'hiver... en couche épaisse
Partout la neige rayonnait...
Chiens et loups hurlaient de tristesse...
Au foyer, elle, tisonnait...

Tout à coup, maigre, hâve, pâle,
Et les traits tout bouleversés,

Dans sa voix ayant comme un râle,
L'œil rouge, aux pleurs qu'elle a versés,

Une *pauvresse* se présente,
Priant qu'on aille secourir
Une douleur, hélas! — cuisante,
Un mendiant qui va mourir,

Expirant de faim, de froidure,
Sous un hangar on l'a porté...
Il est là, couché sur la dure,
Au souffle mortel emporté.....

De ma pauvre sœur le cœur tendre
S'émeut;... il est tout palpitant,...
Sans rien voir et sans rien entendre,
Pluie et neige — et givre battant...

Sous la couverture de laine,
Sous le fagot de bois pliant,
Elle va, court, à perdre haleine,
Vers le gîte du mendiant!...

« Tenez, dit-elle à ce pauvre homme,
« Couvrez-vous et faites du feu...

« Essayez de faire un bon somme...
« Et puis, à la grâce de Dieu !...

Le somme fut long et sans rêve...
Le dormeur ne s'éveilla pas...
Vers l'heure où le soleil se lève,
Au trou creusé pour le trépas

On porta le pauvre Caraque [1],
Raide au contact d'un rude hiver,
Drapé d'une vieille casaque
Que déjà dévorait le ver...

Pour ma sœur, sa frêle poitrine
S'étant glacée à ce grand froid,
Deux mois durant, sa piètre mine
Nous fit tous frisonner d'effroi ! !

La voilà !... je viens de la peindre
D'un mot, d'un trait, d'un souvenir ;
Elle passe sa vie à plaindre,
A consoler, à soutenir ! !

---

[1] Ce mot désigne, dans l'idiome populaire du Midi, ces vagabonds métis et bohèmes qui hantent les foires des principaux bourgs de la région méridionale, et y vendent ou troquent des ânes ou des mulets.

ussi cette humble et tendre sainte,
Vivante, incessante oraison,
Ange des pleurs et de la plainte
Porte bonheur à la maison !

Le regard du Dieu qu'elle prie
Descend au seuil, et monte au toit ;
Car le grenier, le cellier plie
Au pesant fardeau qu'il reçoit...

O sœur ! tu souffres à me lire
Et j'alarme ton cœur chrétien !...
Il faut que je cesse d'écrire,
Et qu'on ne sache... presque rien !!

VII

LA PRIÈRE EXAUCÉE

MÈRE ET FILLE

(Élégie — Ballade)

LA MÈRE.

« Minuit vient de frapper ses douze coups funèbres ;
« Allons prier... »

LA FILLE.

« Ma mère, au milieu des ténèbres,
« Quelle est cette lueur blanche sous le ciel noir?... »

LA MÈRE.

« Ma fille, au jour des morts le ciel est toujours sombre ;
« Cette blanche lueur, c'est une âme dans l'ombre...
« Viens... »

LA FILLE.

« Je tremble en passant devant ce vieux manoir. »

LA MÈRE.

« Si des morts nous voulons faire cesser la plainte,
« Nous devons, en priant, passer cette nuit sainte ;
« Il faut que le matin nous retrouve à genoux ;
« Aux parvis du Seigneur la cloche nous appelle,
« Allons nous prosterner dans la vieille chapelle!... »

LA FILLE.

« Ma mère, la clarté se rapproche de nous!... »

LA MÈRE.

« Toute âme en peine va vers une âme vivante...
« Enfant, cette clarté dont l'aspect t'épouvante,
« Et d'où sort comme un bruit de sanglots et de pleurs,
« Est l'âme de quelqu'un,... peut-être de ma mère...
« Et cette âme demande une heure de prière,
« Qui puisse racheter des siècles de douleurs !

« Mais voici la chapelle et le doux sanctuaire,
« Et le haut catafalque et le drap mortuaire,
« Semé d'étoiles d'or et de larmes d'argent;

3.

« Près de l'autel, la lampe, et dans la nef le cierge,

« Et les anges groupés près de la bonne Vierge,

« Mère de l'orphelin, et sœur de l'indigent.

« Pour la troisième fois la cloche nous appelle...

« Entrons pieusement dans la sainte chapelle ;

« A genoux, signe-toi ; joins les mains ; — devant Dieu

« Baisse timidement ta modeste paupière,

« Et répète avec moi cette douce prière

« Que ma mère en mourant me légua pour adieu :

    « Vous, qui, propice à la souffrance,

    « Et désarmé par le remords,

    « Donnez aux vivants l'espérance,

    « Et rendez la lumière aux morts,

    « Si ceux qui vous voient face à face,

    « Vous intéressent à nos vœux,

    « Si votre justice s'efface,

    « Quand votre amour a dit : « Je veux ! »

    « Mon Dieu ! si d'un pardon immense

    « Vous couvrez toutes nos erreurs ;

    « S'il est vrai que votre clémence

    « Tienne compte de nos terreurs ;

« Si vous êtes, dans les alarmes,
« Le consolateur des humains,
« Et si les sanglots et les larmes
« Éteignent la foudre en vos mains ;

« S'il est vrai que l'âme qui souffre,
« Quand nos prières vont l'aidant,
« Sorte plus vite de ce gouffre
« Où brûle un feu toujours ardent,

« Par ce Christ dont la tête plie,
« Par votre divine amitié,
« Seigneur, mon Dieu, je vous supplie,
« Soyez propice, ayez pitié !

« Ayez pitié de la souffrance,
« Montrez-vous propice au remords ;
« Donnez aux vivants l'espérance,
« Et rendez la lumière aux morts ! »

« Bonne Mère, ajouta d'une voix attendrie
La pauvre femme en pleurs, vers la Vierge Marie
Élevant à la fois sa prière et ses yeux,.
« Si ma mère subit l'épreuve expiatoire,
« Que mes pleurs, éteignant les feux du purgatoire,
         « Fassent d'elle un ange des cieux !! »

Près de l'autel sacré ses pleurs longtemps coulèrent ;
Les heures et la nuit'lentement s'écoulèrent,
Avant qu'elle quittât les dalles du saint lieu.
Or, comme elle sortait, sous les voûtes pieuses
Elle entendit passer des voix mystérieuses
Qui, dans un flot d'encens, chantaient le nom de Dieu.

LA FILLE.

« Ma mère, dit la fille, au seuil de la chapelle,
« Sous sa tunique d'or que la Vierge était belle !...
« Il m'a semblé la voir sourire par instants...
« Mais je ne vois plus rien que l'étoile qui brille,
« Et la blanche lueur est éteinte.

LA MÈRE.

« Ma fille,
« Nous avons bien prié ; les morts dorment contents. »

Et, comme elle parlait, une aurore inconnue
Se leva tout à coup du milieu de la nue,
Et la Vierge Marie apparut dans les airs ;
Et la mère et l'enfant virent venir vers elles
Un ange radieux qui secouait ses ailes,
Et qui leur souriait du haut des cieux ouverts.

« C'est ma mère!! cria d'une voix attendrie,
L'humble femme, de l'ange à la Vierge Marie
Reportant tour à tour sa pensée et ses yeux,
« Nos pleurs ont abrégé l'épreuve expiatoiie,
« Notre prière éteint les feux du purgatoire,

    « Et fait d'elle un ange des cieux ! ! »

VIII

LE PETIT MALFAITEUR PUNI

A MON NEVEU FERNAND

Le pain blanc à la lèvre,
Dès que le jour a ri,
Il court avec la chèvre
Vers le jardin fleuri...

Paupières demi-closes
Et le teint vermillon,
Le voilà dans les roses
Avec le papillon.

Insecte, enfant volage,
Couple frais et léger,

De feuillage en feuillage
On les voit voltiger...

L'insecte se trémousse ..
Et l'enfant le poursuit,
Foulant rosée et mousse,
Ravageant fleur et fruit.

Aux barbes de l'arbuste
Il se pique en passant,
Et la pointe s'incruste
Au doigt, — rouge de sang !

Vers sa mère aux alarmes,
Il accourt tout dolent,
Psalmodiant ses larmes
Comme un chevreau bêlant...

Avec une caresse
Le reproche est donné...
L'œil tarit, le cri cesse...
L'arbuste est pardonné...

On l'étanche à la cruche...
Au sortir du lavoir,

Du rosier à la ruche
Il court sans s'émouvoir.

Sous les humides treilles,
Où le rayon a lui,
Un bataillon d'abeilles
Voltige autour de lui...

Leur menaçant murmure
Ne le fait frissonner...
Et comme la fleur mûre
Il les veut moissonner.

Pour en faire sa gerbe,
Il avance la main...
Mais l'abeille superbe
Va tout droit son chemin.

Cependant la poursuite
L'irrite quelque peu...
Quelque temps elle évite
Le lutin à l'œil bleu...

Mais il lui prend sa place
Et découvre son toit. —

Alors, de guerre lasse,
Elle le mord, au doigt...

A blessure nouvelle
Nouveau piaillement,
Encor chevreau qui bêle...
Dans un criaillement...

« Qu'est-ce donc?.. qu'est-ce?.. qu'est-ce?.. »
Près du petit vaurien
On s'empresse... on se presse...
L'oncle dit : « Ce n'est rien. »

« L'enfant que rien n'arrête,
« Ni crainte ni soupçon,
« D'abeille qu'il maltraite
« Reçoit une leçon...

« De la rose pointue
« Il a senti le dard...
« Mais l'enfance est têtue
« Et se corrige tard...

« De ses cris n'ayez cure, —
« Il ne crîra pas tant. —

« Soufflez sur la piqûre, —
« Vous le verrez content. —

« Dites, dans un adage
« Que son cœur gravera :
« Tout enfant qui peu sage,
« Mal fait, — mal trouvera. »

IX

A MONSEIGNEUR RAMADIÉ

ÉVÊQUE DE PERPIGNAN

I

C'était vers le déclin d'un tiède jour de mai,
Des douze mois de l'an, le mois le plus aimé,
Le mois de la prière et de la rêverie,
Des lis, offrande pure à la pure Marie,
Où vers les cieux, parés d'éclatante couleur,
Dans le tendre parfum de la première fleur,
Avec le cri de l'orgue, avec l'encens qui fume,
Va tout cœur, que d'amour l'espérance parfume.
A l'ombre du platane, où je reviens m'asseoir,
Quand le soleil pâlit sous l'étreinte du soir,
Dans ce calme profond que versent au poëte
La fraîcheur d'un printemps, l'abri d'une retraite,

J'écoutais, en songeant au bonheur des élus,
L'airain rustique aux champs murmurant l'*Angelus*,
Le rossignol chantait, blotti sous l'aubépine...
L'œil, le cœur aux sentiers de l'aimable colline
Où réside ce saint que j'aime tendrement,
Qu'à sa fête, en juillet, je chôme chaudement [1];
Par ce cher horizon la paupière ravie,
Je me laissais aller au charme de la vie,
Et mon luth réveillait, aux échos palpitants,
Dans ces hymnes divins qu'inspire le printemps,
Au mystère de l'ombre, à l'ombre du mystère,
Un Dieu pour son amour, et le ciel pour la terre,...
Quand tout à coup, message à mon seuil arrêté,
Le lourd marteau de bronze au battant fut heurté...
Un murmure se fit sur le pas de mes hôtes,
Et le respect courba les têtes les plus hautes.
J'accourus aussitôt, impatient de voir
Les traits des visiteurs que j'allais recevoir...

Ils étaient trois : c'était ce curé populaire,
Que le saint curé d'Ars eût adopté pour frère,
Qui dans ce vieux Béziers semait, à pleine main,

[1] Saint Christophe, dont l'ermitage doit, sinon encore une célébrité, du moins une notoriété, à la procession solennelle et aux pieux pèlerinages qu'y font, chaque année, en juillet, Puisserguier et ses alentours.

La semence divine à tout sillon humain,
Cygne par la douceur, mais aigle par le zèle,
Ame ouverte à toute âme, à tout prêtre modèle,
Aimant, aimé, modeste autant qu'intelligent,
Que Saint-Jacques en pleurs va céder à Saint-Jean [1] :
C'était ce chantre aimé d'Isaure, — dont la grâce
Se prête tour à tour au Thabor, au Parnasse,
Tendre ou pieux écho du Pinde ou du Carmel,
Hellène et troubadour à la fois sous l'*ormel* [2],
Et dont Rome a donné, d'une main qu'on adore,
La lyre et la houlette au doux pays de Laure [3] :
C'était enfin, — ami des meilleurs, des plus sûrs,

[1] La cathédrale de Perpignan est sous le vocable de saint Jean, et sous celui de saint Jacques, la paroisse que Monseigneur Ramadié a, jusqu'au jour de son sacre, administrée à Béziers.

[2] Il faudrait citer d'un bout à l'autre les vers charmants auxquels fait allusion ce vers! Pour que cette allusion soit bien comprise, on se bornera à citer la fin du poëme qu'ils composent, couronné au concours des Jeux Floraux, sous ce titre : *Le jugement d'Isaure.* Voici cette fin :

« O troubadour, dit-elle, avec un doux sourire,
« J'aime les jeux naïfs de ta charmante lyre !
« Et toi, noble étranger, qui portes parmi nous
« De si grands souvenirs et des accords si doux,
« Embrasse ton rival : que vos muses amies,
« Siègent, comme deux sœurs sous l'*ormel* réunies. »

[3] La belle Laure de Noves, immortalisée par les vers et l'amour de

Au poëte présent, aux deux prélats futurs,
Ce bon et docte évêque, à l'âme caressante,
Qui prêta son sourire à ma muse naissante,
Qui me fit tant de vide, alors qu'il fut absent,
Et que j'ai célébré dans un hymne récent [1].

Je venais d'achever mon malheureux Rodrigue [2] :
A mes vers indulgent, et d'éloge prodigue,
Il pleura sur ce drame, et le lut et relut.
Doux ami! tendre absent! son deuil voile mon luth,
Et quand je songe à lui, lui que tant je regrette,
L'ami qui se souvient brise aux pleurs le poëte!!

Pétrarque, était née à Avignon, qui a Mgr Dubreuil pour archevêque.
La fontaine de Vaucluse, où s'inspirait le poëte italien, inspire, de
nos jours une foule de charmants poëtes dont le Midi sait les
œuvres par cœur; glorieuse pléïade où, sous le nom de *Félibres*,
brillent au premier rang MM. Aubanel, Roumanille et Mistral.

[1] Mgr Thibault, défunt évêque de Montpellier, qui a inspiré
la 15e pièce de vers de ce livre.

[2] Titre d'un drame, à tirades par trop catholiques, refusé au
Théâtre-Français.

II

Monseigneur, — ce beau jour où Saint-Nazaire va
Dans un nouveau pontife, accroître Jéhova,
Et, sacrant ses vertus, consacrera sa gloire,
Ce jour du tendre amour m'a remis en mémoire
Celui que de trois cœurs, chers à mon cœur tous trois;
Me donna la tendresse, au plus tendre des mois.
Aux sources du bonheur aime à rebrousser l'âme...
Vous le rappelez-vous?... Ma mémoire réclame
Un souvenir de vous... à la veille du jour
Où vos pleurs saluant Béziers, divin séjour,
Oui divin, quoi qu'en dise un proverbe morose,
Ajoutant au vers vrai la plus menteuse prose [1],
Vos pastorales mains, à qui, pour souvenir,
Je demande à genoux de daigner me bénir,
Porteront à ces bords, limite de la France,
Avec tous nos regrets, toute leur espérance !!

[1] Le vers vrai est celui-ci :

« Si Deus in terris vellet habitare, — Biterris. »

La prose menteuse est celle-là :

« Ut iterum crucifigeretur. »

X

HENRI — FERNAND — PAULINE

Henri ! Fernand ! c'est ainsi qu'on appelle
Ces deux enfants, — couple frais et bavard !
Ils sont la vie et le regard de celle
Qui leur donna sa vie et son regard !
Charmants comme elle, ils auront le cœur tendre...
Ils seront bons comme elle, je le crois !
L'oncle, il est vrai, se plaint de les entendre,
Mais, moins souffrant, s'habitue à leurs voix !

Cette Pauline, aimable et chaste épouse,
Ame chrétienne, et digne d'un chrétien,
De ces deux fleurs est l'ombre et la pelouse,
De ces deux lis, la tige et le soutien !

Que douce et bonne est cette jeune mère,
Arbrisseau tendre où croît ce double fruit,
Suave sœur, compagne de mon frère,
Étoile d'or qui dans son ciel reluit !

Timide enfant, du grand jour éblouie,
Rose d'amour, ange de pureté,
A son aspect ma vue est réjouie,
Dieu la bénit dans sa fécondité !
Femme pieuse et forte, — l'Évangile
Est son roman, son drame préféré ;
Le chapelet, le soir, l'endort, tranquille,
Et l'humble église est son boudoir doré !

Lucrèce sainte, au foyer qu'elle enchante,
On n'entend plus que le bruit du fuseau
Ou la chanson que tout bas, tout bas chante
L'aiguille agile à l'agile ciseau !
La fleur des bois, l'aimable pâquerette
Fuit le soleil et le parc trop altier ;
Elle aime l'ombre et la forêt discrète...
Comme elle, toi, tu croissais, au sentier !

Fille des champs, sous un toit solitaire,
Tu nous cachais ta vie et tes seize ans...
Je t'aperçus, et je fis à mon frère,

4

Et je me fis le plus beau des présents.
Et maintenant, cœur pur comme eau de roche,
Loin de tout faste, et de tous oripeaux,
Tu vis ici, paisible et sans reproche ; —.
Bergère, aux champs tu pais tes deux agneaux !

Comme deux flots se mêlent, dans leur course,
Et, confondus, s'embrassent en naissant,
Ainsi tes fils, flots d'une même source,
Mêlent leurs jeux, sous ton œil caressant !
Ces rossignols, éclos dans ton bocage,
Bercent tes jours d'un murmure béni :
Charmants enfants, tes jupons sont leur cage,
Et jusqu'au soir, ils chantent dans ce nid !

Henri fait bien l'école buissonnière...
Fernand fait bien sa tête quelquefois...
Mais sous leur sceptre ils ont une lisière... —
Tyrans d'un jour, — ils subiront nos lois !
Bientôt, Henri, notre aîné, sera sage...
En même temps, Fernand se tiendra coi...
Alors, alors, plus de cris, de tapage...
L'oncle vieilli ne dira plus : « Tais-toi... »

Bonne Pauline, ils vieilliront eux-mêmes ! —
Ils deviendront des oncles, quelque jour...

Aux jeux bruyants lançant leurs anathèmes,
Tous deux diront : « Taisez-vous,.. » à leur tour !
Trop tôt viendra l'heure grave de l'homme...
Il a bientôt passé le doux printemps !
Ah ! pour le cœur l'enfance est un arome !!
Que tes deux fils le respirent longtemps !!!

Pardonne, sœur, à ton frère malade...
Quand on l'agace, il devient agaçant...
De temps en temps, passe-lui sa boutade...
Il est à peine, hélas ! convalescent !
Sois patiente ! — et le calme à l'orage
Succédera, plus doux après qu'avant...
Je te promets, à mon tour, d'être sage,
Dès que j'aurai jeté béquille au vent !!

Puisserguier, avril 1865.

XI

PAULIN

« Respect au fardeau ! »
NAPOLÉON Ier.

Toi qui vers maint souffrant portes mainte recette
Et voitures partout ta nomade lancette
    Et ton vagabond bistouri :
Mon frère par le sang, par le cœur plus encore,
Qui dois ravir mon corps au mal qui le dévore,
    Et par qui je serai guéri;

Lorsque j'accours au pas de ton cheval de selle,
Étancher la sueur à ton front qui ruisselle
    Sur la croupe qui t'a porté,

Dans ma main tremble alors ta main, de fièvre humide,
Tandis, qu'aux doux abris de mon jardin d'Armide,
    Je bravais les feux de l'été !

Dans mon Éden si plein de calme quiétude
Je me dis, en songeant à ton métier si rude
    D'obscur Esculape forain,
Qu'il n'est point de labeur égal à ton escrime,
Et que l'homme vulgaire est bien l'homme sublime,
    Digne du monument d'airain !

Qu'à des fronts glorieux brille cette auréole
Que le glaive au soldat, au tribun la parole,
    Donnent pour superbe trésor ;
Qu'ils aient le rameau vert de l'arbre séculaire,
Que pour un Scipion, un Grachus populaire,
    Rome tressait avec de l'or !

Que du vaillant soldat, de l'orateur illustre,
Éclatent aux regards le blason et le lustre,
    Et que leur nom soit radieux !
Que le maître du camp, celui de la tribune,
Aient pour eux le renom, les honneurs, la fortune,
    Le pouvoir, — attribut des dieux !...

Moi, pour l'homme vivant dans un demi-jour terne,
Pénombre s'attachant à l'astre subalterne
    Qui gravite loin du soleil,

4.

J'aurai, tant que mon cœur battra du côté gauche,
Cet amour que l'on a pour l'homme sans reproche,
    Prodigue d'un cœur sans pareil !

Celui qui du hameau, de la ferme isolée
Où dans les pleurs se tord la mère désolée,
    Quand le père est au pain quérant,
Apaise les douleurs, repose l'âme lasse,
Et fait tout refleurir partout où son pied passe,
    Ah ! celui-là c'est le plus grand !

Il ne paraît petit qu'à l'homme à courte vue :
Mais aux regards de Dieu, mesurant l'étendue
    Du service au lointain besoin,
Il est bien au-dessus, dans son œuvre servile,
De ces hommes d'État qui, froids à l'Évangile,
    Ne regardent Dieu que de loin !

C'est ce bon serviteur, cet émule du prêtre,
Que Balzac, dans un livre où la touche du maître
    Imprima toute sa beauté,
A peint de ces couleurs vives et saisissantes
Et d'une de ces mains solides et puissantes,
    Créant une immortalité !

C'est l'œil sur ce patron qu'il propose à l'étude
De l'humble *Bénassis*, dans une solitude,
    Du Ciron providentiel,

Que tu formas cette àme aimante et généreuse
Qu'ajoutera le Christ à la phalange heureuse
   De ceux qui gagnèrent le ciel!!

Puisserguier, 12 juillet 1865.

XII

A LA MÉMOIRE DE DANIEL O'CONNELL [1]

Lorsque le despotisme opprime lourdement
Le peuple qu'il a pris pour son amusement,
Comme du sein des mers où les vents tourbillonnent,
Monte la grande voix des vagues qui bouillonnent,
On entend, du milieu de ce peuple irrité,
Monter confusément des cris de liberté.
Parmi ces parias que la souffrance mine,
Un homme tout à coup surgit, qui les domine.
A lui seul, entre tous, le puissant Jéhova
Soufflant le feu sacré dans son âme, a dit — : « Va »

[1] Bien qu'ayant été écrite et publiée en août 1843, cette pièce
est insérée au *Renouveau*, la question qu'elle traite étant *actuelle*
(Dieu veuille qu'elle ne le soit pas toujours !) autant et plus que
jamais.

Et voilà que, tout fier de ce divin baptême,
Sur le front des tyrans il lance l'anathème.

Tel, un jour, apparut, terrible, solennel,
Ce grand agitateur que l'on nomme O'Connell.
Sept cents ans sous le joug la superbe Angleterre
Avait humilié l'Irlande prolétaire;
De sa brutale main, sept cents ans à son front
Elle avait imprimé le cachet de l'affront,...

Quand, soudain, élevant sa menace vibrante
La voix de Daniel la remplit d'épouvante.
Elle cria d'abord : « Silence! » au révolté,
Au champion du droit et de la liberté.
Mais lui, tonnant plus haut que les bruits de l'orage,
Se tint inébranlable au poste du courage,
Et, dans les parlements portant un cœur d'airain,
Abaissa tous les fronts, sous son front souverain.

Voilà déjà treize ans qu'il soutient ce grand rôle,
Et que, comme un tonnerre, il lance sa parole
Aux ministres saxons qui sont là frémissants,
Et de rage à leur place, écument, — impuissants.

Mais hier, dans la chambre où ces nobles Vandales
Siègent, environnés de honte et de scandales,

Venant à manquer d'air, et voulant, un moment,
Loin des corruptions respirer librement,
Dans son Irlande verte, aux riants pâturages,
Sur le sauvage roc où passent les orages,
Le grand *agitateur* est venu rajeunir
Ce sang hibernien qui bout pour l'avenir :
L'œil sur les horizons de la patrie aimée,
N'occupant son esprit que d'Érin opprimée,
Il renouvelle là le spectacle imposant
Qu'offrit à l'univers le Christ moralisant,
Alors qu'au bord des mers, au fond des solitudes,
D'un mot il entraînait les grandes multitudes.
Aux portes des cités, à la cime des monts,
Partout où l'air plus pur dilate les poumons,
Dans ces immensités que Dieu pour l'homme a faites,
Il convoque l'Irlande à de civiques fêtes.
Il est beau de le voir de son geste puissant,
Remuer tout un peuple à ses pieds frémissant,
Et, dardant les éclairs de ses mille colères,
Électriser de l'œil les masses populaires.

O'Connell, gloire à toi, sublime *agitateur!*
L'Irlande t'a choisi pour son libérateur
Et Dieu te destinait à cette grande tâche :
Ce n'est point par le fer qu'elle vaincra le lâche,

Mais bien par ta parole et par ton cœur hardi
Que de la liberté les luttes ont grandi.
Accomplis jusqu'au bout ton glorieux message ;
Pétris les fils d'Érin dans ton moule, ô grand sage !
Sur la peau d'Albion fais courir des frissons...
Ton œuvre est magnifique, et nous t'applaudissons.

Va, le jour n'est pas loin, rénovateur austère,
Où, foulée à tes pieds, l'orgueilleuse Angleterre
Paiera cher l'attentat par elle exécuté,
Sur l'honneur d'un grand peuple et sur la liberté.

Albion ! Albion ! en vain, vieille insensée,
D'un masque spécieux tu couvres ta pensée ;
En vain ta politique a des agents discrets ;
Le monde clairvoyant devine tes secrets.

Albion ! Albion ! de tes sœurs, tes rivales,
Vers toi la grande voix monte par intervalles,
Et leur flux menaçant pourra bien t'envahir,
Si tu ne cesses pas de t'en faire haïr ;
Si dans ta politique égoïste et cupide,
Elles te voient toujours marcher d'un pas rapide.
Dieu se lasse d'attendre ; il compte les instants ;
Écoute-le ; — bientôt il n'en serait plus temps :

Car son souffle vers toi pousserait tant de haines,
Que pour en triompher tes forces seraient vaines; —
Car de la ténébreuse et vile trahison,
Le sabre de l'Europe aurait enfin raison;
Car ses grandes fureurs broîraient ton sceptre immonde
Et rayeraient ton nom de la carte du monde!!

Echo du Midi, Montpellier.
Gazette du Languedoc, Toulouse.
Gazette du Midi, Marseille.
Gazette de France, Paris.

Août 1843.

XIII

LES DEUX OMBRES

A LA MÉMOIRE DE MAURICE ET D'EUGÉNIE DE GUÉRIN

Ombres qui, peuplant ma retraite,
Déployez, à mon oreiller,
Une aile d'ange et de poëte,
Dont le bruit aime à m'éveiller...

Fier Maurice, douce Eugénie,
Double souffle, double parfum
De solitude et de génie, —
Deux pour tous — vous ne m'êtes qu'un!

Dieu vous donna le ciel sans voile
Dont l'azur vous éblouissait,
Et mit à vos fronts cette étoile
Dont votre œil se réjouissait !

Fils de l'harmonie, elle verse
A vous deux son hymne enchanté,
Et comme une mère, vous berce
De ce que vous avez chanté !

Rêveurs de sphères infinies,
L'idéal dont vous eûtes faim
Repaît vos deux âmes bénies
D'un bonheur qui n'a point de fin.

O songeurs, au pas solitaire,
Chercheurs d'ombre et de demi jour,
Vous êtes l'amour du mystère
Pour qui vous eûtes tant d'amour !

Cœurs qui flottaient... à ce qui flotte,
A la brise, au nuage, au vent,
Du nuage vous êtes l'hôte
Et la voix du souffle vivant !

Beaux épousés de l'espérance,
Elle donne à ses deux amis
Ce que, dans les jours de souffrance,
La fiancée avait promis !

Tristes d'être..., l'ennui morose,
Le spleen divin vous obsédait..!
Vous possédez au ciel la chose
Qui, sur terre, vous possédait !

Vous saviez une plage verte
Promise aux Colombs hasardeux...
Des yeux vous l'aviez découverte ..,
Du cœur vous l'embrassez tous deux !...

Semeurs de fraîche poésie,
Dans les sillons où l'âme dort
Vous récoltez une ambroisie
Que l'on boit dans des coupes d'or !

Un peu d'onde, un peu de feuillage
Avait toujours tenté vos pas...
Vous avez l'éternel ombrage,
La source qui ne tarit pas !

Toujours en quête du sublime,
Toujours en marche vers les cieux,
Vos pieds touchent enfin la cime
Où les menaient toujours vos yeux !

Hôtes d'un logis où je frappe, —
Demandez au Maître divin
Qu'il soit bientôt dernière étape
A mon bourdon de pèlerin !

La carrière est laborieuse,
L'achoppement, hélas ! partout !
Qu'est cela pour l'âme pieuse
Qui voit le paradis, — au bout !

Ah ! que bientôt, brisant ma chaîne,
Et délivré de ma prison,
Là-haut... là-haut..., sous le grand chêne,
Je vous rejoigne, à l'horizon !

Que, loin de ces sentiers qu'altère
La trace, le pied des humains,
Je me repose de la terre,
Au terme de tous ses chemins

Aux lueurs de l'aube éternelle,
Quand vous me verrez sommeiller,
Sur moi sans bruit ouvrez votre aile...
Et n'allez pas me réveiller !!!

Mars 1865.

A LA MÉMOIRE DE JEAN REBOUL

> Intanto voce fu per me udita :
> « Onorate l'altissimo poeta! »
> (DANTE, Inf. cant. IV, 79.)

Toi qui de Siméon, en fermant la paupière,
Mêlais le doux cantique à la sainte prière,
Et, voyant de tes jours s'éteindre le flambeau,
T'endormais sans fatigue et presque sans souffrance,
Au sein de cette paix et de cette espérance
Que Dieu donne aux élus bien avant le tombeau !

Ton âme pour la fête était toute parée ;
Tes regards avaient vu la gloire préparée,

« Le Rédempteur promis, le Sauveur d'Israël,
« La Révélation, la Lumière éternelle [1], »
Et ces splendeurs du Dieu que voile de son aile,
Dans les cieux rayonnants, l'archange Raphaël !

Ton œuvre était remplie, et pleine ta journée !
Comme le pèlerin qui, las de sa tournée,
Au piédestal bénit qui supporte la croix,
Pour rafraîchir son front vient chercher une place ;
De notre jour brûlant ta paupière était lasse,
Et tu pouvais la clore, en t'écriant : Je crois !

Et c'est ce que tu fis. — Du divin sacrifice,
De Jésus expirant près d'un amer calice,
Tu t'étais souvenu [2] ; lui ne t'oublia pas,
Et brisant les liens de ton âme captive,
Mit le sceau du silence à ta lèvre plaintive,
L'Éden devant tes yeux, et le ciel sous tes pas !

Du vieillard de Pathmos, aux tendresses mystiques,
Tu portas le grand nom ; ses rêves prophétiques
Dictèrent à ton luth ses chants les plus féconds.

---

[1] Au cantique de Siméon, à Complies.
[2] *Le Christ à Gethsémani*, l'une des pièces composant le premier
recueil des poésies de Reboul.

Aimant, ainsi qu'aimait cet aigle au cœur de cygne,
Tu peux voir maintenant cette lumière insigne,
Dont son regard mortel entrevit les rayons.

Ton dernier jour, si doux à la mélancolie,
Te rappela sans doute, à l'heure où tout s'oublie,
Ce poëme animé d'un souffle si pieux [1],
Lampe tout à la fois vivante et mortuaire,
Que ta main suspendit aux clous du sanctuaire :
Phare qui rayonna toujours devant tes yeux ! ! !

Cette main, secourant une double indigence,
Pétrissait pour le corps et pour l'intelligence
Un pain qui fut toujours vierge d'impur levain ;
Le jour, rude artisan, la nuit, penseur austère,
Tu comtemplais le ciel, tu nourrissais la terre,
Fidèle imitateur de ton Maître divin !

Ce Jésus, de ton cœur l'unique et tendre idole,
Ensemble ou tour à tour de pain et de parole
Soutenait comme toi l'ignorant, l'affamé ;
Rassasiant les corps et les âmes avides,
Il multipliait l'un dans les corbeilles vides,
Et jetait l'autre au cœur qu'il avait enflammé !

[1] *Le dernier jour*, poëme. — Delloye; Paris, 1839.

Tu le vois donc, ce Dieu qu'entrevoyait Virgile,
Chantre dont le génie ignora l'Évangile ;
Ce livre à qui tu dois la pureté du tien !
Toi qui tins le *Pater* pour le plus beau poëme,
Tu fus mieux qu'un penseur, qu'un poële qu'on aime ;
Tu fus — c'est là ta gloire — un croyant, un chrétien !

En toi réunissant ce que l'homme divise :
Ciel et terre, — des preux tu portas la devise !
Comme du bon Henri, le héros immortel,
Au chemin de l'honneur flottait le blanc panache,
Ainsi du tien ! — Tu fus un écusson sans tache,
Un Turenne du trône, un Condé de l'autel !

Aussi, dans ce vieux Nîme, où la foi politique,
A côté de la foi donnée au dogme antique,
Fleurit et reste pure, ainsi qu'au premier jour,
Te voyant tenir haute et ferme ta bannière,
Et donner à ton culte amour et vie entière,
Chacun t'avait voué le culte de l'amour !

Indépendant et fier, et libre sous la tente,
Fuyant l'amorce aux mains de ce pouvoir qui tente,
Une Bible et Corneille étaient les deux bonheurs
De ton âme, — ce lis dans une solitude :
La méditation, la prière, l'étude
Furent ta vie, à toi qu'effrayaient les honneurs !

                                                    ť.

Les honneurs !... ton berceau les décerne à ta tombe.
Comme un chrétien salue un vieux temple qui tombe,
D'une larme d'adieu chacun t'a salué !
Grands, petits, jeunes, vieux, tous ont fui leur retraite,
Et Nîme, en deuil, faisant escorte à son poëte,
A senti sous ton glas tout son sang remué !

Toi, mort !... serait-il vrai ?... Non : ce n'est qu'un mensonge ;
Tu t'es, le front serein, endormi dans un songe,
Sous la croix dont tu fus le féal chevalier !
Non, non, tu n'es pas mort ! dans tes chants, dans ta gloire,
Dans tous les souvenirs légués à ta mémoire,
Au cœur de tes Nîmois, tu revis tout entier !

A leur ancien éclat donnant un nouveau lustre,
Leur poëte adoré n'est pas le moins illustre
De tous les monuments que montre leur orgueil !
Aux ruines de Nîme, une mort inhumaine,
En ajoutant, hélas ! cette ruine humaine,
Entre toutes la fit grande et chère à son deuil !

Dans cette basilique, aux souvenirs sans nombre,
Dans la chaire de marbre où plane une grande ombre,
Où l'évêque nîmois, le grand Fléchier, suait,
Quand montaient à son front la chaleur et la flamme
Qu'allume le volcan divin qu'on nomme l'âme,
A Corneille n'a point fait défaut Bossuet !

Le Turenne du peuple eut l'oraison funèbre !...
Le Fléchier de nos jours, non moins saint et célèbre [1],
Devait offrir sa palme au martyr triomphant...
Mais il ne put, atteint par l'humaine souffrance,
Prêter sa voix au deuil de Nîme et de la France,
Et consoler *la mère* au départ de *l'enfant!*

Un autre prit sa place à la tribune sainte ;
Un prêtre [2], comme Nîme en a dans son enceinte,
Raconta dignement tes œuvres et tes jours.
A ce touchant récit bien des larmes coulèrent
Et bien des cœurs avec cette parole allèrent
Te rejoindre, ô poëte, au plus beau des séjours !!

Près des Arènes, vaste et sombre amphithéâtre,
Quel est au mur ce nom que le peuple idolâtre,
Et qui n'est point muet, même pour l'étranger?...
C'est le nom de Reboul ! Pour ce fils, bonne mère,
Comme l'on dit partout : « Argos et son Homère, »
Nîme a voulu qu'on dît : « Nîme et son boulanger. »

Cet orateur fleuri, cet avocat d'Athènes,
Qu'aurait, en l'écoutant, applaudi Démosthènes [3],

---

[1] Monseigneur Plantier, évêque de Nîmes.
[2] M. l'abbé de Cabrières, grand vicaire honoraire de Nîmes.
[3] M. Alphonse Boyer père, le Berryer de notre Midi.

— Drapeau vivant dont rien n'altéra la couleur, —
Qui du vrai citoyen est la parfaite image,
Veille à ce monument, de Nîmes tendre hommage,
Qui de ton ombre doit rapprocher sa douleur !

A la plume éloquente, éloquente parole !
Un poëte qui porte à son front l'auréole
De l'artiste nîmois, te paye aussi tribut !
La muse qui chanta jadis *Tasse à Sorrente* [1],
Qui du bruit de ces bords est toute murmurante,
Prête à ce cœur son cœur, — ses efforts à ce but !!

Un jour, il m'en souvient, c'était jour de ferrade [2],
Tout Nîme était sur pied, comme une flotte en rade !
Par ses beaux boulevards, pleins de foule et de bruit,
Vers la vieille *fontaine*, au flot qui chante et pleure,
Nous vînmes tous les deux en rêvant, — à cette heure
Où les rumeurs du jour expirent dans la nuit !

Et bientôt, côte à côte, auprès de la Tour-Magne,
Nos regards à l'envi planaient sur la campagne...

---

[1] M. Jules Canonge, auteur d'un poëme intitulé : *le Tasse à Sorrente*,
et d'une foule de charmants ouvrages, que relit quiconque les a lus.

[2] On appelait ainsi, à Nîmes, ces combats de taureaux qui avaient
habituellement lieu dans les arènes ; il fut une époque où ils y étaient
assez fréquents ; aujourd'hui, grâce à la civilisation croissante, le
goût s'en est perdu, là et un peu partout.

La soirée embaumait... C'était un soir d'été [1],
Comme tu les décris, — où, dans une caresse,
Le silence et la nuit versent l'ombre et l'ivresse,
Où l'âme boit l'oubli dans un flot du Léthé !

Sous le dernier rayon qui dorait chaque faîte,
Tout riait... le dimanche... et la foule... et la fête...
Et ton ciel, « monotone à force d'être pur [2]... »
Tout se laissait aller au charme de la vie...
Les cœurs étaient heureux... la nature ravie...
L'âme, comme les cieux, était couleur d'azur !

L'amour et l'amoureux, le rêveur et le rêve,
Sous l'astre qui se couche et l'astre qui se lève,
L'un d'or, l'autre d'argent, se donnaient rendez-vous...
Tout riait... tout chantait... tout faisait la nuit belle,
Et Diane plus chaste, et plus jeune Cybèle ! ..
Partout, c'était un calme, — à se mettre à genoux !!

Mais alors que tout cœur était ivre de joie,
A de secrets tourments le tien semblait en proie...
Ton regard se voilait comme celui du jour...
Mais, lui, c'était d'amour... toi, c'était de tristesse...

_____

[1] V. au premier recueil des poésies de Reboul la pièce intitulée :
Souvenir d'un soir.

[2] V. la pièce : *A Charles Nodier*, au même recueil.

Tu te sentais plus seul dans cette foule épaisse...
Et tu penchais ton front comme la vieille tour !

Un mal latent minait ton corps et ta pensée,...
D'un poids mystérieux la poitrine oppressée,
Tu semblais à l'étroit sous ce vaste horizon ;
Sans doute de l'exil l'exilé solitaire
Avait assez ; — assez, l'homme, de cette terre,
Assez, le prisonnier de sa froide prison !

Demandant air plus pur et plus suave brise,
Du mal de l'infini ta belle âme était prise...
Mécontente du gîte, elle en voulait changer...
Trouvant par trop amer ce pain que l'homme mange,
Il lui fallait ce pain, nourriture de l'ange,
Que pétrit aux élus le divin Boulanger ! !

Poëte, en effeuillant ces vers à ta mémoire,
Je n'ai point recherché ce bruit qu'on nomme gloire...
Mais, sous la pression des flots du souvenir,
Mon âme débordante a fait chanter ma lyre !...
N'ayant plus rien d'humain, tu ne peux plus me lire ;
    Mais tu peux du moins me bénir ! !

XV

MON JARDIN

J'ai pour enclos quelques arpents de terre,
Verger sans fruit, et parterre sans fleur...
Rien n'embellit cet abri solitaire...
Et le jour seul y met vie et et couleur !

Vieux refrogné, — l'arbre maigre s'étale...
Dans le sentier, l'herbe pousse à foison !...
La violette y cache sa pétale...
Un peu de vigne y cache une maison !

Du vert laurier, du noir cyprès, la tête,
Vieille et caduque, y tremble à tous les vents...

C'est là, que seul et rêveur, — le poële
Vit pour les morts et meurt pour les vivants !

Les murs sont hauts — le liseron les couvre...
Les champs sont près — et le village est loin,
Il vient, au jour quand sa fenêtre s'ouvre,
Libre de soins respirer dans ce coin !

Comme ce saint, ami du *soliloque* [1],
Avec son cœur il discourt volontiers...
La vie intime étant sa vie, — il troque
Contre lui seul l'univers tout entier !

Il n'aime point le commerce de l'homme...
L'isolement lui plaît, — il en convient, —
La rêverie était chère au *bonhomme*...
A son instar, il songe et se souvient !

Comme le lierre aux murailles s'attache,
Il prend racine aux rêves qu'il a faits !...
A chaque humain et son lot et sa tâche...
Songes, pour lui, ce sont plaisirs parfaits !...

---

[1] Saint Augustin, dont le beau livre *les Soliloques*, charme les loisirs et fait les délices de tous les prêtres studieux et de tous les poëtes chrétiens.

La solitude est la chose qu'il aime,
Lorsqu'à son toit brille un peu de soleil !
Sa volupté, c'est d'être avec lui-même,
Dans le *farniente* et le demi-sommeil !

Ami lecteur, ne va pourtant pas croire
Qu'un *doux dormir* lui soit l'unique bien !...
Dans ce repos, son cœur et sa mémoire
Font quelque chose, — alors qu'il ne fait rien !

Virgile, Homère, et toi, piquant Horace,
Il vous emprunte et formes et couleur,
Avec amour, il baise votre trace,
Et de vos fruits garde en secret la fleur !

Comme l'ami qu'on attend et qu'on fête,
A vos banquets, convive familier,
Vos ombres font le jour dans sa retraite...
Et pour chacune il est hospitalier !

Illustres morts, aux vifs il vous préfère ;
Mais de son temps il n'est point l'ennemi !
Chaque rayon est utile à la sphère...
Vivre au passé n'est vivre qu'à demi.

Bien que ce siècle ait cultivé l'*utile*,
Il n'aura point trop dédaigné le *beau* ;...

En poésie il fut assez fertile...
Et dans sa nuit, brille plus d'un flambeau!

Quelquefois donc, un vers de Lamartine,
Un rêve d'or, signé Chateaubriand,
Viennent éclore aux tiges qu'il butine,
Victor Hugo l'enivre d'Orient!

On peut l'ouïr dire, à la cantonade,
L'*ange et l'enfant* du pauvre boulanger,
Du doux Chénier l'*aveugle* ou le *malade*... •
Une ode en feu de son cher Béranger!

Jeunes ou vieux, — tous dans l'humain voyage
Mettent un charme — et nous font oublier...
Aussi le cœur se prend à chaque page
Et redevient avec joie... écolier!

Grâce à ces dons, sa chère Thébaïde
Le ravit tant que jamais il n'en sort...
Ce vieux jardin, pour lui *jardin d'Armide*,
Devant ses yeux étale maint trésor!

Là, tour à tour, *poète* et politique,
Homme de rien, ou bien homme d'État,
Il fait fumer le trépied poétique,
Il fait trembler le cruel potentat!

Lorsqu'il y songe à la pauvre Pologne,
Il sent son cœur se serrer de pitié, —
Et le cosaque, altier et sans vergogne,
Sous Némésis baisse un front châtié!

Il n'aime pas au jeu — joueur qui triche,
Et pour cela déteste le Piémont;
Cet Harpagon qui veut être trop riche
Et pour parrain s'est donné,... le démon!...

A sa Venise, au front si poétique,
Au nom si doux, ne songerait-il pas?
Ses pleurs, hélas! mouillent l'Adriatique;...
Elle est, hélas! fiancée au trépas!...

De son Saint-Marc la coupole est en fête,
Sous le soleil qui la dore toujours...
Mais sous son voile elle baisse la tête,
Et dans le deuil regrette ses beaux jours!

Et si l'esclave affiche un front rebelle,
Le canon tonne, — à sa voix plus de bal!
Plus de plaisirs dans Venise la belle!
L'Autrichien y fait seul carnaval!

Mon jardin hait le vampire — Angleterre,
Berne la Prusse et son monsieur Bismark...

Il sympathise avec le prolétaire...
Avec l'Irlande et le bon Danemark !

Il est l'ami de tous ceux qu'on opprime
Et l'allié de tout bras qui défend !...
A la tiare on touche... c'est un crime !
Rome est la mère, et tout peuple, — un enfant !

Ah ! ce vieillard mérite nos hommages !
A lui l'encens, la myrrhe et l'or sacré ;
A lui nos veux, nos piétés de mages !
N'y touchez point ; car Dieu l'a consacré !

N'y touchez point ! laissez-lui son royaume...
Laissez, laissez la couronne à son front !
Cet homme-là, ne fut jamais un homme...
Il est un roc, vos bras s'y briseront ! :

Mais de houras, d'armes et de cymbales
Quel est ce bruit menaçant et confus ?
L'haleine fume aux naseaux des cavales...
Et les canons roulent sur leurs affûts !

Peuples nouveaux ou peuplades antiques,
Un vent de mort souffle et gronde partout ;
Haines et guerre éclatent frénétiques
Ici, là-bas, — et bouleversent tout.

Il pleut du sang, de l'un à l'autre pôle...
Partout Bellone agite son épieu...
Le grand Atlas soulève son épaule...
Au sud, au nord, le globe est tout en feu !

De ton ami s'assombrit le visage,
O vieux jardin ; son *Armide* s'enfuit...
L'oiseau se tait, lorsque gronde l'orage...
Ni toi, ni moi, nous n'aimons pas le bruit !

Sois fier pourtant, ô chétif coin de terre !
De toi le globe et relève et dépend,
Et rend hommage, en vassal tributaire,
A toi jardin... royaume,... d'un arpent !!!

XVI

A LA MÉMOIRE

DE MONSEIGNEUR CHARLES-THOMAS THIBAULT

DÉFUNT ÉVÊQUE DE MONTPELLIER

DÉDIÉE A MONSEIGNEUR LE COURTIER

ÉVÊQUE DE MONTPELLIER

Lorsque je le voyais, j'avais le cœur en fête :
Il me riait toujours et m'appelait « poëte. »
C'était là sa caresse et son mot préféré.....
Il m'aimait comme un fils, je l'aimais comme un père.
Aussi, quand circula ce mot qui désespère :
« Il est mort ! » — O mon Dieu comme je l'ai pleuré !

Lutèce, où sans pitié la mort toujours moissonne,
Me le prit vers la fin d'un beau jour... — je frissonne,

Au souvenir du glas qui sonna son trépas!...
La veille, le cœur plein de vie et de génie,
L'aube du lendemain éclairait l'agonie,
Et sa voix murmurait : « Amis, ne pleurez pas! »

O prélat vénérable! O toi qui dans ma vie
Tenais tant de place, âme à mon âme ravie,
Qui, d'un vol soudain, disparus dans les cieux,
Je ne pus, dans ce jour, ni te voir, ni t'entendre,
Recueillir ton adieu dans un sourire tendre,
Et je ne fus pas là pour te fermer les yeux!

Nul mieux que moi ne peut révéler le mystère
Et l'œuvre de tes jours sur cette pauvre terre,
Brèche ouverte où ton zèle était toujours debout!
Une ombre volontaire à caché ton étoile :
Souffre que je soulève, ô chère ombre, ce voile,...
Pardonne à ton « poëte, » il ne dira pas tout!

Bien des hommes divers ont vécu dans cet homme :
A raconter sa vie, il faudrait plus d'un tome ;
Ici je ne puis donc qu'ébaucher, à grand trait,
Sa physionomie, et mobile et diverse,
— Nuage frangé d'or que le soleil traverse, —
Qu'évoquer sa mémoire, esquisser son portrait!

Son portrait !... Une main, entre toutes illustre,
Dont le pinceau sublime ajoutait tant de lustre
Et tant de poésie à tout ce qu'il touchait,
L'avait peint peu de temps avant que sa paupière
Se fermât dans un songe et dans une prière,
Et quand déjà la mort avide le cherchait !

C'est bien lui ! Voilà bien sa prunelle de flamme,
Ce rayon lumineux jaillissant de son âme,
Ce sourire entr'ouvrant la bouche — finement,
Ce sang où débordait la séve de la vie,
Sa lèvre, à l'éloquence, hélas ! trop tôt ravie,
Trait pour trait, l'homme bon, généreux, noble, aimant !

Je l'entends, dans ses jours d'épanchement intime...
Au feu des souvenirs, il s'échauffe,... il s'anime...
Son âme dans un flot déborde et se répand...
Il réjouit tout hôte entré dans sa demeure...
A l'horloge des jours s'immobilise l'heure :
Tant le cœur à sa lèvre, à son cœur se suspend !

Mais le voici, debout dans cette cathédrale !
Aujourd'hui trop étroite, il n'est pas une dalle
Que ne foule le pied de l'avide auditeur !
Tout Montpellier est là pour ouïr sa parole...

Il paraît... A son front resplendit l'auréole
Que met l'enthousiasme au front de l'orateur !

La voûte retentit de sa voix pathétique...
L'âme emportée au vol d'une éloquence antique,
Il se laisse ravir au sommet du Thabor !...
Laissant tomber de haut, dans sa parole austère,
Tous ces parfums du ciel dont s'enivre la terre,
Dieu met un flot d'argent à cette bouche d'or !

Le voici maintenant dans son humble chapelle...
Apôtre matinal que réveille le zèle,
Avec un entretien touchant et familier,
Jetant au cœur ému cette semence tendre
Que saint François de Sale aimait tant à répandre,
Quand il élargissait le céleste sentier [1].

Plus d'un sommet abrupte, à son orageux faîte,
Vit flotter tout à coup sa robe violette ;
Bravant tout, faim et soif, et froidure et frisson,
De ces rudes pêcheurs des mers de Galilée
Ayant au cœur l'amour, la foi, sa sœur ailée,
Partout, à pleines mains il faisait sa moisson [2].

---

[1] On a dit de saint François de Sales qu'il avait « élargi le chemin du ciel. » Quel éloge ! Ce n'est rien exagérer que de dire que Monseigneur Thibault y a droit.

[2] Messis multas, devise des armes du Prélat.

6

Dieu seul connaît, et seul pourrait dire le nombre
Des dons et des bienfaits qu'il répandit dans l'ombre :
L'abeille était pour tous prodigue de son miel ;
La source au flot discret était intarissable ;
Moins abondants on voit sur la rive le sable,
Les épis dans les champs et les astres au ciel !

En donnant, il prêtait à l'aumône une grâce :
A Montpellier, partout, on retrouve sa trace
Sous le toit affamé du honteux indigent,
Au foyer de l'infirme, au chevet du malade ;
Tout deuil, toute douleur l'avaient pour camarade ;
A tout seuil il mettait son âme... et son argent !

A l'homme réclamant une sollicitude,
Souffrant dans l'abandon ou dans la solitude,
Sans frère, sans ami, — cette double douceur
Qui donne le courage et la guérison même
Au malade qui voit, qui sent, qui sait qu'on l'aime,
Il donna tout ensemble, et l'amie et la sœur !

Un prêtre qui prêtait tout son zèle à son œuvre,
Qui de sa charité fut le premier manœuvre,
Et pour chaque besoin créa chaque secours [1],

Le si regrettable et tant regretté abbé Soulas.

Appela sous les plis de sa sainte bannière
Ces anges de la nuit qui, dans une prière,
Endorment l'insomnie, à de divins discours [1]!!

Il faudrait un Homère à la longue Iliade
Des œuvres que son cœur semait par myriade !
Je n'en peux retracer l'entier dénombrement!!...
Tout croisé de l'amour, à ce Pierre l'Ermite,
Devait ce feu sacré qui dans l'homme suscite
Ces miracles de l'homme appelés dévoûment!!

A Paris, le foyer de lumière et de flamme,
Il venait visiter deux amis de son âme...
L'Homère de Combourg, le Job de Saint-Malo,
Ce poëte du deuil, vivante catacombe,
Châteaubriand, — dictait ses pages d'outre-tombe
A son Breton superbe, au fier Daniélo !

Ce seuil illustre et froid l'avait souven pour hôte.
C'était souvent encor ce Montaigne-Aristote,
Ce Grec semi-Gaulois atteint de cécité,
Qui longtemps *aux Débats* brilla comme une étoile :
Nouveau Quintilien, nourri jusqu'à la moelle
Des sucs et des parfums pris à l'antiquité [2].

---

[1] Les sœurs garde-malades.
[2] M. l'abbé de Féletz, critique au journal des *Débats*.

Leurs propos qu'animaient les muses et l'histoire,
Me rappelaient Platon et son cher promontoire ;
J'en fus parfois le jeune et muet confident...
Lorsque de ces trois morts j'évoque le fantôme,
De cette triple tombe il sort comme un arome
Qui me remplit le cœur de son parfum ardent !

Hélas ! il fut longtemps méconnu ; — plus d'un prêtre,
Sur la tombe fermée, apprit à le connaître !
Pour qu'on rendît hommage à toutes ses vertus,
Il a fallu le marbre à sa froide poussière,
A sa mort, l'oraison funèbre et la prière,
Et qu'il prît place au rang de ceux qui ne sont plus !

Le temps, ce destructeur de toute sépulture,
Qui fait germer l'oubli dans l'herbe sans culture,
Fit éclore pourtant un jour réparateur !
Chacun, en retrouvant si pure cette image,
Rendit à l'ombre illustre un doux et tendre hommage,
Et le troupeau bêlant regretta son pasteur !

Le Seigneur, enseignant, au livre évangélique,
Que de tout suppliant il entend la supplique,
Que tout chercheur le trouve au bout de son chemin, —
Répara cette perte à nos cœurs si cruelle,
A l'homme du désir donna l'homme du zèle,
Et remit sa houlette en une douce main !

Ce nouveau Fénelon, dont Notre-Dame est veuve [1],
Fut le consolateur de cette grande épreuve,
Et mit un cœur de père entre nos cœurs et lui!..
C'est le don qu'à nos vœux procura la prière
De notre bon évêque, à son heure dernière, —
Le rayon bienfaisant qui sur sa tombe a lui!!

[1] On sait que Monseigneur Le Courtier était, avant sa promotion au siége épiscopal de Montpellier, curé de Notre-Dame de Paris, qui le regrette encore, — et l'on sait aussi que Monseigneur Thibault quitta, pour ce même siége, sa stalle de chanoine à cette même Notre-Dame, pépinière de talents et de vertus ecclésiastiques qu'il serait presqu'impossible d'énumérer.

XVII

L'HIRONDELLE A TA FENÊTRE

POUR PRESSER UN RETOUR ET UNE VENUE

A ta fenêtre l'hirondelle
Dit sa chanson et fait son nid...
Elle frémit d'amour... et je frémis comme elle,
Et j'attends à mon toit un autre oiseau béni !

L'hymne à la lèvre, j'ouvre en chantant ma fenêtre,
Quand elle est à la tienne et murmure tout bas
Ton nom... Viens te mêler à nos joyeux ébats,
Qui seront plus joyeux en te voyant paraître !

Au jardin le lilas est tout en fleur; le lis
Va bientôt me donner sa blancheur virginale;
Il sourit à mes vers, par sa vue embellis,
Et mêle à leur fraîcheur sa fraîcheur matinale!...

De toi rêve en son coin le tendre laurier-thym,
Dont l'ombre a rafraîchi ma printanière flamme :
C'est le don d'une amie à qui ferait festin
Un poëte qui l'aime... et de toute son âme!

L'arbre et moi, qu'elle vienne avec toi nous revoir!...
Que nous serions joyeux en la voyant paraître,
Joyeux comme serait Mélanie [1], à l'œil noir,
Et la noire hirondelle à ta verte *fenêtre!*

Que Mathilde à ma joie apporte sa gaîté
Et sa grâce [2], ma sœur Marie...
Accordez toutes trois à mon luth enchanté
Vos chants et votre rêverie!

Mon doux frère Bulbul, qui sait tous mes secrets,
Et prête pour des chants, à mes strophes ses stances;
Joint ses vœux à mes vœux, regret à mes regrets,
Espérance à mes espérances!

[1] *Mélanie,* en grec *noire.*
[2] *Gratia plena.*

Ce chantre de l'amour, qui me rend si jaloux,
      Dont ma lyre rivale envie
L'hymne que le ciel mit dans son gosier si doux,
Comprend que j'ai perdu la moitié de ma vie!

Ce charmant illettré, qui recourt à ma main,
      Et qui fait appel à ma lyre,
Lyre humaine, — et, partant, comme un langage humain,
      Impuissante, hélas! à bien dire!

Me prêtant ses accents pour qu'à mon ange aimé
Ma plume les transmette et qu'elle s'en souvienne,
Caché dans le lilas, près du lis parfumé,
Chante à s'égosiller : « Dis-lui qu'elle revienne. »

      Et toujours elle fait son nid
      A ta fenêtre, l'hirondelle ;
Elle frémit d'amour, et je frémis comme elle,
Et j'attends à mon toit un autre oiseau béni !!

XVIII

LES ROMAINS DE LA DÉCADENCE

Je suis encor moins fou de vers que de peinture
Et préfère aux plus beaux la toile de Couture [1].
Voyez... la volupté, de ses baisers lascifs,
Vient de rassasier ces corps lourds et massifs.
Sur la dalle luisante et par les vins rougie
Rome dort le sommeil de sa dernière orgie.
Le plaisir a vaincu ces farouches vainqueurs;
La débauche a sucé tout le sang de leurs cœurs.

---

[1] Le tableau de Couture fut le grand succès de l'exposition de
1847.

Leur bras qui soulevait le fer pesant du glaive
Laisse choir maintenant la coupe qu'il soulève.
Pêle-mêle accroupis, ivres, les yeux hagards,
Ils échangent entre eux de stupides regards.
Leur front sur des seins nus languissamment repose ;
Leurs traits décolorés que la mort décompose,
Étalent ces pâleurs, stigmates flétrissants
Que la débauche imprime aux membres impuissants.
L'un d'eux comme un serpent, sur les dalles s'allonge,
Cuvant ce lourd sommeil que l'ivresse prolonge,
Tandis qu'un autre, en proie aux tisons de l'enfer,
Etreint sa Messaline avec des bras de fer.

Deux hommes cependant sont là, dans l'attitude
Qu'à l'austère penseur communique l'étude,
Et, debout et muets, laissent tomber sur eux
Un regard triste et plein de pensers douloureux.
Ces hommes ont au front le signe des prophètes ;
On voit que leur cœur saigne au milieu de ces fêtes ;
A Rome agonisante ils viennent dire adieu :
Ils sont apostés là par ordre exprès de Dieu,
Pour sonner de sa part le glas des funérailles,
Et faire flamboyer son nom sur les murailles.

Profond enseignement pour ce Paris qui dort
Sur le marbre souillé des temples du veau d'or ;

Rome moderne, en proie aux soifs de la matière,
Et que ses voluptés possèdent tout entière !

Paris, 1847.

XIX

BILLET ET BONJOUR DE CONVALESCENCE

A MON AMI VICOMTE HENRI DE BORNIER

BIBLIOTHÉCAIRE EN CHEF

DE LA BIBLIOTHÈQUE DE SAINTE-GENEVIÈVE, A PARIS

Auteur d'un *Éloge de Châteaubriand*, couronné
par l'Académie française.

« Que j'entende ta voix dans la lice où je cours ! »
H. DE BORNIER, *Premières feuilles*[1].

Hier, ami, poussé par un rêve
Et par un souffle matinal,
Vers Paris, la Seine et sa grève, —
J'abordais... à ton *arsenal*[2] !

[1] Recueil de vers publié par M. de Bornier, chez des Loges. Paris, 1845.

[2] Quand cette pièce fut composée, M. de Bornier était sous-bibliothécaire à la bibliothèque de l'Arsenal.

J'allais vers le rayon, le tome,
Comme on va vers le frais sentier,
Et saluais ce doux fantôme
Qui s'appela Charles Nodier !

Pour la prose quittant la lyre,
Tu raturais en souriant,
Une page où l'on pouvait lire :
« Éloge de Châteaubriand ! »

Cette page, heureuse et voulue,
Ami, — Je ne sais point mentir —
Je ne l'ai point encore lue...
Il est temps de t'en avertir.

Pour mes yeux ayant double charme
— l'ami peint et le peintre ami ! —
Que bientôt, avec une larme,
Elle me réveille, à demi !

Si Lutèce et ses palmes vertes,
T'ont fait bon accueil, — l'amitié
T'attend, la porte et l'âme ouvertes...
— Elle veut être de moitié !

7

Je suis ici comme Eugénie,
Quand, au Cayla fouetté de vent,
Son cœur tout fouetté de génie,
Aux rêves l'emportait souvent !...

Quelle est poétique et touchante,
Cette demeure des Guérin
Où tout bruit, murmure et chante,
Avec la cloche aux sons d'airain...

Cet ange qui le soir se signe,
Au chemin creux et dérobé,
A la suavité du cygne,
Que berce le flot du grand-bé !

Pour l'un Combourg fut sans tendresses
Et sous son aile il s'y voila...
Mais c'est un nid plein de caresses
Pour l'autre que ce doux Cayla !

Ma vue en est toute ravie...
Aux fronts quelle suavité !..
Dans tous ces souffles que de vie !...
Quel jour dans cette obscurité !

C'est *Éran, Mimin* et *Louise,*
Cette sainte « à la voix d'argent[1], »
Ame fraîche comme la brise,
Tendre..., comme l'était saint Jean !

Ce sont ces choses et ces êtres
Pour qui le cœur lui bat si fort, —
Lieux et divinités champêtres...
Source pure... D'où son flot sort !

C'est ce père dont elle baise
Les cheveux blancs avec respect...
Pour qui son cœur se pâme d'aise...
Qui la charme de son aspect !

Colombe et Noé de cette arche,
Quand tous deux vont vers le hameau,
Dirait-on point et patriarche,
Et messagère, au vert rameau !

Et ce frère, âme de son âme,
A qui dans un intime élan,

---

[1] Ainsi l'avait surnommée Maurice de Guérin.

Elle donne toute la flamme,
Tout l'arome d'un cœur brûlant !

Ce Maurice, son sang, sa gloire,
A qui son culte offre un autel,
Qui pour embaumer sa mémoire,
Lui lègue un parfum immortel !

Autant qu'elle, — penseur insigne,
Il écrivit pour testament,
Le Centaure, — son chant du cygne,
Cette vision — monument !

Hélas ! le monstre sourd et blème,
Qui dévore la vierge en fleur,
Brisa la plume, — à mi-poëme,
Et la palette, — à mi-couleur.

Et depuis lors, comme la vague
Berce l'esquif au lac si pur,
Les Anges bercent dans le vague
Ce rêveur, affamé d'azur !

Comme au refrain de la ballade,
L'enfant trop inquiet s'endort,

Cette âme, « d'infini malade »[1]
S'apaise, au son des harpes d'or!

« Que de pleurs coûta cette tête,... »
Ce tombeau si vite fermé !...
Eugénie a joint son poëte,
Près du disciple bien-aimé !

Mélodie, amour, et prière,
De cette abeille étaient le miel !
Dieu l'attirant à sa lumière,
Pour ruche, lui donna le ciel !

C'est là qu'au soleil qui rassemble
Tous rayons sur la terre épars,
Frère et sœur butinent ensemble
Le bonheur, — par égales parts !

Parler de ces muses jumelles,
Qu'une muse [2] nous révéla, —
De ce couple de tourterelles
Qui si tendrement roucoula...

---

[1] Ainsi était désigné Maurice par son ami M. Hippolyte de la Morvonnais.

[2] George Sand. — *Revue des Deux-mondes.* — 15 mai 1840.

C'est l'entretien que je préfère,
Le charme et l'intime douceur...
Car, celui-ci, c'est bien un frère,...
Celle-là, — c'est bien une sœur!...

Et puis s'il faut que je le dise
Et te le confesse, à la fin,
Ce Cayla, dont j'ai l'âme éprise,
Ressemble fort.... à ton Robin !

Pauvre Robin ! le cœur en fête,
J'y vins un jour lire.... Atala !
Ton père, — comme nous, poëte,
Près de nous, était encor là !

Dans sa Thébaïde rustique
Si frais, — malgré soixante hivers,
Avec sa voix si poétique,
Je l'entends nous dire des vers !

Ces vers sont les *premières feuilles*
D'un tendre et plaintif arbrisseau...
En écoutant, tu te recuilles :
Car, comme Ophélie, au ruisseau,

Semant la fleur de la prairie,
Comme elle, de l'eau suit le cours,
Tu livres aux vents en furie
La couronne des premiers jours [1] !

Mais voici qu'un autre volume
Sur le guéridon est ouvert...
Du lecteur le regard s'allume...
Le sexagénaire est plus vert !

C'est Atala qui nous captive...
Le trait s'enfonce comme un coin...
Ta sœur — suave sensitive, —
Est toute tremblante en son coin.

Chacun d'émotion tout pâle,
Et sous le charme souverain,
S'électrise, à cette voix mâle
Qui retentit comme l'airain !

Comme il fait résonner la prose
Du barde breton et chrétien !

[1] *Feuilles au vent*. Titre de la dernière pièce des *Premières feuilles*.

Quand l'œil humide, il se repose,
Tout fier tu dis : « Père, c'est bien! »

Au mur brille la panoplie
Du fantassin, du cavalier...
Son œil avec mélancolie,
Fixe... une croix de chevalier!...

Ah ! cette croix est ton étoile,
Et ses rayons ont couronné,
Eux aussi, cette belle toile
Où tu fais revivre René!!...

Pauvre Robin !... la terre glace
Ce maître que tu n'entends plus...
Un étranger a pris sa place...
Et tes beaux jours sont révolus !

Ah ! depuis que son pas te foule,
Doux seuil qui gardes mon sillon,
Que de tempête et que de houle
Dans ma voile, — à mon pavillon !

De bord en bord, de rive en rive,
Le flot des jours me cahota!...

Et c'est prodige que je vive :
Tant l'orage me ballota!

Ami, tu l'ignoras sans doute,
— Vivant si loin de mon foyer —
Un mal que tout chevet redoute,
Sept ans se plut à me broyer !

Le front dans d'épaisses ténèbres,
L'âme au ricanement moqueur, —
Je n'avais que pensers funèbres...
Sept ans, ami, j'eus froid au cœur !

Enfin cette hôtesse divine,
L'espérance, — me visita!...
Le reste,... ton cœur le devine;
Vent se taisant, oiseau chanta!

Il chanta, le soleil en face,
L'aile ouverte après sept hivers....
Et voici déjà la préface,
D'un très-gros volume de vers !

Ce volume où sera ta page,
Dieu m'aidant, au prochain été,

7.

A Paris, en pèlerinage,
Ma valise l'aura porté !

En attendant ce jour de fête
Où deux enfants du gai savoir,
Cœur à cœur, poëte à poëte,
Diront : « Bonheur de se revoir ! »

Ami du cœur, muse bénie,
Hôte au seuil, hirondelle au toit,
Berce-moi d'un peu d'harmonie,
Et peuple mon désert... de toi !

Triste un peu, comme tout malade,
Chancelant encore à mon seuil,
Viens vers Oreste, ô cher Pilade...
Prête ton visage à son deuil !

Ma lèvre encor saura sourire,
Si de ton luth m'arrive un son !...
Poëte, — sois pour moi la lyre...
Pour toi je serai la chanson !!

Puisserguier, 15 avril 1865.

XX

LA CHARMILLE

La charmille verte
Cache un rossignol,
Et l'abeille alerte
Y suspend son vol.

L'oiseau fait entendre
Sa voix pour le ciel;
L'insecte vient prendre
Le suc pour son miel.

Tous les deux, en quête
D'un peu de soleil,

Célèbrent la fête
Du printemps vermeil.

L'eau sous la charmille
Pleine de lilas,
Gazouille, babille
Et prend ses ébats.

L'air frémit de joie
De la voir en fleur;
Elle emplit la voie
De sa douce odeur.

L'aube se réveille
Au chant de l'oiseau,
Au vol de l'abeille,
Au bruit du ruisseau.

Dieu met son sourire
Dans l'air, dans les bois,
Et prête sa lyre
A toutes ces voix.

Le ciel se colore
Et les bruits du jour

Se mêlent encore
A ces bruits d'amour.

Mais l'heure est plus chaude...
Alors tout se tait,
L'insecte en maraude,
L'oiseau qui chantait.

XXI

MA MAISON

Ne faut-il point qu'à ton tour je te chante,
Douce maison dont le seuil est mon seuil,
Toi dont l'aspect me récrée et m'enchante,
Bien que mon cœur y fasse plus d'un deuil?
Il se remplit ou de joie ou de larmes,
Ce pauvre cœur, — quand il songe au passé...
Il vit seul — mais être seul a des charmes...
Lorsque de tout on est un peu lassé !

Dans tes recoins mystérieux et sombres,
Le souvenir bruit comme un ruisseau...

Le front voilé, j'y vois passer des ombres
Qui d'un adieu saluaient mon berceau !
Au coin du feu, quand je rêve et tisonne,
De tous mes morts je vois les traits touchants...
Autour de moi leur image foisonne
Comme le grain foisonne dans les champs...

Partout, partout, je retrouve leur trace,...
A l'âtre, au seuil, à la couche, au repas !...
Chaque pavé pleure — et garde la trace
Qu'en le foulant y laissèrent leurs pas !
Sous ce vieux toit ils passèrent leur vie,
Et leur reflet dore encore ces murs...
A les y voir, j'avais l'âme ravie,...
Mais pour les cieux ils étaient déjà murs !

Ils sont tombés comme sous la faucille
L'herbe des prés tombe, à la fenaison. .
Pour la maison du père de famille,
Ils ont un jour quitté cette maison !
Mais en partant pour la terre promise,
En rejoignant leurs pères triomphants,
Comme l'oiseau qui fuit devant la bise,
Ils ont laissé... ce nid à leurs enfants !

Voici la chambre où l'aïeul en prière,
Quand vint le soir, s'endormit harassé :
« Enfin, » dit-il, en fermant la paupière,
« De mon fardeau je suis débarrassé ! »
Ah ! ce fardeau lui pesait ; — son épaule
En était lasse, et pliait sous le poids...
Son front penchait comme celui du saule,
Et, pour la terre, il n'avait plus de voix !

Son âme en deuil n'était d'aucune fête...
Rêveur et triste, il soupirait toujours,
Il répétait que son œuvre était faite...
Il expira, plein d'œuvres et de jours !
Mais, au chevet où reposa sa tête,
En expirant il laissa son parfum !
Ce pauvre aïeul, il aimait le poëte,
Bien que l'enfant fût parfois importun !

Il fut aussi poëte, — et sa mémoire
Comme en mon cœur palpite dans ses vers..
Il les semait à travers maint grimoire,...
Avec bonheur, je les ai découverts !
Un peu caustique, il aima la satire
Et l'épigramme, au trait fin et mordant...
De sa malice on le voyait sourire...
Mais il avait le cœur bon, — cependant !

Homme d'esprit, il lui fut sympathique,
Et pour Pilade eut un vieux médecin
Sentencieux et quelque peu sceptique,
D'humeur frondeuse,... et d'esprit assassin !
Son bistouri ne fit point de victimes...
On me l'a dit, — et le crois volontiers, —
Mais il fut moins innocent dans ses rimes...
Plus d'un saigna sous ses traits meurtriers !

Ces deux amis, — ils reposent ensemble...
Las ! bien longtemps ils furent séparés...
Unis de cœur, la tombe les rassemble...
Les jours perdus sont ainsi réparés !
A cette chambre en vain je les demande...
Ils n'y sont plus, les deux bons vieux amis !
Je vois encor leur longue houppelande...
Et, dans ce coin, ils rêvent, — endormis !

En face, hélas ! de ta chambre où je pleure,
Il en est une où j'ai souffert longtemps,
Pauvre grand-père... — à cette mauvaise heure,
La bonne doit succéder... — je l'attends !
Dieu m'a donné la divine espérance...
Et, — tu le sais ! — ses dons ne mentent pas...
Il a tari mes pleurs et ma souffrance...
Et ses bontés m'arrachent au trépas !

Sur le palier où la rampe se dresse,
D'une autre chambre entrebaille le seuil...
Et, bien qu'elle ait encore sa tristesse,
L'amour pourtant met la joie à son deuil !
Près de ce lit où se coucha mon père,
Quand il dormit pour la dernière fois,
De deux enfants, tendres fils de mon frère,
L'aurore éveille et le rire et !a voix !

Ainsi la vie et la mort, côte à côte,
Et cœur à cœur, se retrouvent partout...
Jamais un seuil ne demeure sans hôte...
Quand un de nous tombe, un autre est debout !
Si la faucheuse à la moisson s'anime,
Bien des épis échappent, cependant !
A ce serpent — la vie est une lime...
Et, sur le fer, il ébrèche sa dent !

Dans cet abri sont le rayon, — le livre,
Auprès desquels la nuit me surprenait...
De cette source, hélas! le flot enivre...
Vers le matin, ma lampe y rayonnait !
Mon pauvre père, aux tendresses sans nombre,
Pour la souffler, quittait son oreiller !
Quand j'entendais son pas de loup dans l'ombre,
Moi, — je faisais semblant de sommeiller !

Voici la planche où l'oncle doctrinaire [1]
Qui, comme moi, longtemps avait souffert,
Accumulait un nombreux sermonnaire
Dont j'aimais fort les dires... sur l'enfer !
Enfariné d'un peu de jansénisme,
Admirateur d'Arnauld et de Pascal,
Ce saint vieillard, qui n'aimait pas le schisme,
Aimait pourtant l'hôte de Port-Royal !

Tout à côté, mon oncle le jésuite
Avait aussi casé tous ses amis!...
A Port-Royal Mont-Rouge faisait suite...
— J'étais un peu dérouté... du salmis !
Que croire?... quand, sur l'amour et la grâce,
L'un disait blanc, l'autre, noir?... mal m'en prit...
Quels entêtés!... et Dieu leur fait-il grâce,
Pour mettre ainsi le trouble dans l'esprit?...

Laissons ce thème... il est fâcheux pour l'âme...
Et traversons encore le palier...
Une autre chambre est là, — qui nous réclame,
Tout vis à vis, — au bout de l'escalier ; —
Ces quatre murs à celle qui m'est chère
Servent de cloître, et de chambre à coucher...

[1] M. Louis Gabriel Cadilhac de Madières, de la doctrine chrétienne.

Là, nuit et jour, elle se désespère...
A sa douleur rien ne peut l'arracher !

Les maux cruels qui d'elle me séparent
La font languir, — pauvre suave fleur !...
Mes os, dit-on, à la fin se réparent...
Dans quelque temps, je serai sans douleur !
Fasse le ciel qu'il dise vrai, cet homme
Que l'on appelle ici-bas un savant,
Parce qu'il peut, au moyen d'un diplôme,
Ex professo, supprimer tout vivant !

Lorsque janvier, à l'haleine si rude,
Aux corridors s'engouffrait, à grand bruit,
Toujours debout, dans sa sollicitude,
A mon chevet, elle passait la nuit !
Elle était là, — comme une sensitive,
Toujours émue... — et priant, et tremblant...
Au moindre pli de mon front attentive,
Le corps glacé, — le cœur toujours brûlant !

Elle était là, — comme une providence,
Quand je souffrais, à perdre la raison,...
Quand, la douleur étouffant la prudence,
De mes clameurs j'emplissais la maison !! —

De ce réduit, et si froid et si triste,
Ah ! que bientôt se ferment les volets !
Que, reprenant le bâton de touriste,
Je l'accompagne, au pays des châlets !

Qu'elle revoie avec moi l'Italie,
Terre d'amour où nous avons aimé !...
Que, sous ce ciel, sur ce sol, — elle oublie !...
Et que son souffle en soit tout ranimé !
Que nous puissions voir Naples... le Vésuve !...
Revoir Venise,... et cesser de souffrir !
Que nous puissions respirer ton effluve,
Air pur ! alors, oh ! nous pourrons mourir !

Pauvre maison ! de ce pèlerinage
Nous reviendrons, fatigués, à ton seuil !
A bout de voie, hélas ! et de courage,
Il nous faudra le repos... un cercueil !
Pourvu qu'alors, aux plis du cimetière
La même pierre enferme nos tombeaux,
Ce dernier jour et cette heure dernière
Seront et l'heure et le jour les plus beaux !

Je t'ai chantée, ô maison paternelle !
Bien que sans gloire encore et sans renom,

Pour ton enfant tu n'en es pas moins belle!...
A la beauté qu'ajouterait un nom?...
De ma chanson l'accent est un peu triste...
Le souvenir est quelquefois amer...
Demain j'aurai ma gaîté de touriste...
Mais, à cette heure, il pleut, — et c'est l'hiver !

XXII

SŒUR HARMONIE ET SŒUR PRIÈRE

I

Il faut les Muses au poëte,
Le parfum de la rose au lis...
Il faut la tendre violette
Au fraternel myosotis!

De deuil et de mélancolie
Il a le cœur atteint souvent...
Il est triste quand on l'oublie,
Et cache sa tête en rêvant!...

Bonnes sœurs... ces allégories
Pour vous auront un sens bien doux,
Je suis la fleur des rêveries,
Et je vous dis : « Souvenez-vous! »

Il est un mot qu'entre tous j'aime :
« *Felicita del riveder !*... »
Ce mot, comme il l'est à moi-même,
A Malibran, il était cher!...

A Malibran, cette harmonie!...
Cette voix! ce souffle vital!...
Ce luth d'or vibrant de génie!...
Cette étoile, au ciel musical!...

Ainsi qu'une fauvette expire,
A bout de chant, au point du jour,
Le cœur brisé sur une lyre,
Elle expira de trop d'amour!

Pauvre *Marietta* bénie,
Chanson ailée! hymne vivant!
En songeant à ma Léonie,
A toi je songe bien souvent!

Elle a ta voix, elle a ton âme,
Cette sœur... elle a ton regard !
Ta flamme, à toi, c'est bien sa flamme,
La part que Dieu te fit, sa part ;...

Comme toi, de son cœur prodigue,
Elle donne... sans s'appauvrir...
Elle est un flot, un flot sans digue,
Qui se répand sans se tarir !...

Comme l'amoureuse liane
Embrasse le tendre arbrisseau,
Comme Actéon cherche *Diane*,
Ou bien la nymphe, le ruisseau.

Ainsi colombe palpitante,
Auprès de sa plus jeune sœur,
De cette vie elle est vivante !
De ce cœur sent battre son cœur !

II

Cependant, celle qu'elle enlace
De ses deux bras si caressants,
A qui son cœur fait tant de place,
Pour qui sa voix a tant d'accents,

Loin de la terrestre poussière
Laisse aller son souffle et ses jours,
Où vont l'encens et la prière,
La mélodie et les amours !

Sœur de Thérèse la mystique,
Elle est sans cesse en oraison !
Le temple vivant ! le cantique,
L'oratoire de la maison !

Pareille à l'aigle solitaire,
Qu'attire vers lui tout haut lieu,
Elle est toujours sur cette terre,
En pèlerinage vers Dieu !...

Passant près de tout ce qui passe,
Sans qu'elle y détourne ses yeux,
A ses ailes il faut l'espace,
Il faut à ses rêves les cieux!...

III

O mes sœurs! tendres sensitives,
De moi si vous vous souvenez,
Écoutez ces notes plaintives,
Qui n'ont qu'un mot, un seul : « Venez!... »

Déjà dans l'extase me plonge
Votre réponse à cet appel...
Du vieux Jacob je fais le songe ;
Son échelle me porte au ciel!...

Sur les échelons sont deux anges,
Qui vers moi volent tour à tour,
Puis remontent vers les phalanges
Qui font cortége au Dieu d'amour.

Ces anges ont un nom bien tendre!
Si vous désirez le savoir,
Mes lèvres le feront entendre
Le jour où vous viendrez me voir!!...

XXIII

A LA MÉMOIRE D'ÉLISA MERCŒUR

Elle aussi, pauvre enfant, de douleur elle est morte.
De la tombe sur elle on a fermé la porte,
Quand elle répandait ses parfums du matin,
Quand, le front rayonnant des flammes du génie,
Elle versait à flots ses trésors d'harmonie,
Et marchait à grands pas vers son noble destin!

Oh! comme elle devait souffrir, quand sa mémoire,
De son bonheur passé lui retraçant l'histoire,
Lui rappelait ce temps où les yeux d'une cour
Sur elle s'abaissaient comme sur une reine;
Où son front rayonnait d'une fierté sereine
Et ne rêvait que d'art, de bonheur et d'amour!

8.

Où ses traits, consacrés par une main illustre [1],
A son nom ennobli donnaient un nouveau lustre;
Où la gloire semait des fleurs sur son chemin;
Où deux superbes rois de la littérature [2],
A leurs bustes géants mesurant sa stature,
Lui donnaient du courage et lui serraient la main !

Oh ! comme en comparant à ces scènes passées
Les scènes du présent lugubres et glacées,
Ses angoisses devaient lui torturer le cœur !
Comme en songeant alors aux peines de sa mère,
Cette existence, hélas ! lui devait être amère
Et féconder ses nuits aux larmes du malheur !

La foi fait l'âme ferme et l'humanité forte ;
Mais le poëte meurt quand l'espérance est morte :
Cet enfant ne saurait survivre à son berceau ;
Ainsi que deux amis qu'ensemble l'on enterre,
A qui pour même couche on donne même terre,
On les jette, elle et lui, dans le même tombeau !

Aussi quand Élisa, d'espérances avide,
Dans les plis de son cœur ne trouva que du vide,

[1] David.
[2] Chateaubriand et Lamartine.

Elle fut résignée à son malheureux sort ;
Posant sur l'oreiller ses tempes inquiètes,
Elle croisa les bras, comme font les poëtes,
Lorsque, las d'espérer, ils attendent la mort !

Le souffle de l'hiver a rayé l'atmosphère,
Et la pluie et les vents tombent froids sur la terre.
Ce n'est pas le soleil, le jour de Mirabeau.
N'importe ! Vers le ciel qu'on tourne son visage :
Le poëte mourant veut sourire au nuage ;
Pour lui le dernier jour est le jour le plus beau !

Va, Dieu fit bien, enfant, de replier ta tente ;
Du poëte la vie est triste et grelottante :
S'il a faim, point de pain ; s'il a froid, point de feu.
Là haut du moins, ô sœur ! dans ton autre demeure,
L'âme chante toujours, comme ici l'âme pleure,
Et n'a ni faim, ni froid, à la droite de Dieu !

XXIV

ROSSIGNOLS ET FAUVETTES

Voici que tout pousse
Et fleurit aux champs:
Papillons et mousse,
Poëtes et chants!

Rouge est la cerise,
Et vert le buisson...
L'âme, l'eau, la brise,
Mêlent leur chanson!

Chantez donc vous-mêmes,
Musiciens bénis,
Le Dieu qui vous aime
Et berce vos nids !

Sans maître et sans cage,
Alternez vos chants,
Lui dans le bocage,
Et toi dans les champs !

O fauvette brune,
A toi le soleil,
Comme à toi la lune,
Rossignol vermeil !

Rossignol, fauvette,
Chantez aux heureux !
Vous êtes la fête
Des cœurs amoureux !

Dieu vous mit sur terre,
Toi pour le grand jour,
Toi pour le mystère, —
Tous deux pour l'amour !

Chantez donc verdure,
Bois, jardins et champs...
Chantez, — tant que dure
La saison des chants !!

XXV

L'ENFANT DE CHŒUR

A MÉLANIE

Il était temps, ma bonne Mèle,
De mettre le pied hors du seuil;
De fuir cette chambre où se mêle
Ta mélancolie à mon deuil !

Il était temps qu'un peu de brise
Entrât aux poumons du reclus,
Et qu'il priât dans cette église,
Où tu ne l'accompagnais plus !

Dans les rangs, tout pensif, il compte
Ceux qu'on n'y voit plus revenir,

Et chaque dalle lui raconte
Des poëmes de souvenir!

Qu'il était heureux, le dimanche,
De porter, fier comme un vainqueur,
Le bonnet rouge, l'*aube* blanche, —
Et de se pavaner au chœur! —

Avant la cloche, éveillé d'aise,
Et dévorant le saucisson
Ou la gousse d'ail sous la braise,
Il était plus gai qu'un pinson

Quel entrain à chanter la messe,
Et surtout le *Magnificat!*
Rien n'égalait son allégresse,
Quand il pouvait faire sabbat!

Le premier à la sacristie,
Une heure avant l'heure arrivé,
La paroisse était avertie
Qu'à la corde il était rivé!

Au premier, déjà tout en nage,
Le curé riait de l'y voir!

Quel carillon et quel tapage!
Il aurait sonné jusqu'au soir!

Et quand, dans les grands jours de fête,
Il pouvait, trésor des trésors,
Mettre la main sur la clochette,
Ah! c'est alors! ah! c'est alors!

Heureux jours! — bientôt il fut homme...
Mais, homme, il n'en oublie aucun...
Ces souvenirs sont un arome
Où le ciel mêle son parfum!

Plus tard, hélas! sur cette pierre,
Qu'il foulait d'un pied si joyeux,
On portait une double bière,
Et les pleurs inondaient ses yeux!

Ce fut d'abord ce père tendre,
Dont il fut la joie et l'orgueil:
Mère, tu ne le fis attendre...
Un fils, — seul, — suivit ton cercueil!

L'autre, immobile sur sa couche,
Et plié sous la main de Dieu,

9

Entendit un glas, — et sa bouche
Ne put, hélas ! te dire adieu !...

O tendres amis que je pleure,
Et qui souriez à mes pleurs,
Sept ans, mes vœux hâtèrent l'heure
Qui devait clore mes douleurs !...

Dieu n'a point voulu du poëte :
Nouveau Lazare, il est vivant !
Ah ! que sa volonté soit faite,
Oui, soit faite, après comme avant !

Pour *eux* et pour moi, douce Église,
Aujourd'hui, je reviens prier...
Prier ; car un fléau qui brise
Enfin ne me fait plus crier !

Oh ! sans doute, c'est la prière
De mes trois bons anges gardiens,
Qui te toucha, Dieu de lumière,
Dieu de bonté qui me soutiens !

Que je te touche aussi moi-même,
O père du convalescent !

Et que ton enfant de chœur t'aime
De son amour d'adolescent !

Il s'est réveillé dès l'aurore,
Tous autour de lui sont contents...
Il veut, l'enfant de chœur, encore,
Sonner bien fort, comme au bon temps ! !

XXVI

COMPLIMENT DE FÉLICITATION

A MONSIEUR JULES JANIN

SUR SA NON RÉCEPTION A L'ACADÉMIE FRANÇAISE

I

Oui, ce rêve couleur de rose
Ou d'arc-en-ciel, aux sept couleurs,
Fleur de la rêverie, — éclose
Au parfum des premières fleurs, —

Ce songe, — aux douces découvertes,
Qu'entre les lions de granit,
Gardiens froids de ces palmes vertes,
Jaunissant à plus d'un habit,

Tu fis, le cœur plein d'espérance,
Sous un ciel, plein d'étoiles d'or,
Avec toi, Paris et la France,
Le firent... et le font encor !

A ton réveil, la prose vile,
Aux instincts jaloux et pervers,
Haïssant celle que distille
Ta plume, faite pour les vers,

Aux rêveurs d'ailleurs peu propice,
Avare d'hospitalité,
Te ferma ce palais-hospice,
Où trône et dort l'infirmité !

O prosateur... si poétique !
Voix suave à mon oreiller !
Luth *du lundi*, tendre cantique
Qui le mardi vient m'éveiller !

Flûte de la gaîté champêtre,
De ma feuille doux rossignol,
Ne gémis point.., tu devais être
Exclu par Monsieur Paradol !

II

Chante, chante, suave lyre,
Enchante leur muse aux abois !
A toi, comme au chef de l'Empire,
La France avait donné sa voix !

La bouche menteuse du traître
Te murmura : Tu seras roi !...
Mais s'ils t'ont refusé, cher maître,
Nous te restons !... Console-toi !

Nous !... ce fier pluriel désigne
Les amants de ces lyres d'or
Qui chantèrent comme le cygne,
« Au grand soleil de messidor ! »

Étoile de cette pléïade,
Ton éclat n'a jamais pâli...
Trente ans tu fis ton iliade
Dans les *Débats*, chaque lundi !

Donc, sans rechercher leurs suffrages,
A Sacy vide ton écrin !

Nous donnerions leurs longs ouvrages
Pour un feuilleton de Janin !

O toi qui tiens l'épée agile
Et non point le poignard vénal,
Qui n'eus point pour aïeul Zoïle,
Mais bien Sénèque et Juvénal,

Oui, toi qui n'es point de la race
De l'épervier et du vautour,
Mais qui de l'aigle suis la trace
Et le vol, vierge de détour,

Va... poursuis ta noble carrière...
Plane toujours à ces hauteurs...
« Verse des torrents de lumière
« Sur les obscurs blasphémateurs ! »

O prince, ô roi de la critique,
O poëte, comme pas un,
Sois de tout printemps poétique
La fleur, la brise et le parfum !...

Maint auteur reçut ton baptême,
Ton sourire au livre indulgent ;

Aussi comme la muse t'aime
Et le Dieu « dont l'arc est d'argent! »

A toi, — tout écho le répète!... —
Était dû ce fauteuil vacant
Où s'assit l'aimable poëte
Qu'au Parnasse céda le camp :

Homme de plume, homme d'épée,
Prêtant le génie au savoir,
Sa double lame bien trempée
Toujours, partout fit son devoir !

Tel il fut, tel nous le retrace
Ton pinceau, qui l'a peint souvent :
Comme toi, diseur plein de grâce,
Et comme toi... toujours rêvant !...

De Diane, la bondissante,
Il aimait « le cor dans les bois »
La fanfare retentissante
Qui poursuit « le cerf aux abois ! »

A Téthys que la nymphe flatte,
Ayant voué culte fervent,

« Qu'elle était belle, sa frégate,
« Quand elle voguait sous le vent! »

A Cinq-Mars prêtant tout son charme,
A Chatterton tous ses amours,
Eloa, « cette blanche larme »
Fut l'idylle de ses beaux jours!

Et quand la mort que rien n'arrête
Le prit à nos cœurs palpitans,
A son Janin le doux poëte
Sourit encor, comme à vingt ans!

Celui dont la plume peu lasse
Par lui voudra se délasser,
Verra bien qu'il a pris ta place,
Quand il devra le remplacer!...

Mais, à bas le fouet satirique!
Sans cette erreur, nous n'aurions point
Ce charmant rêve académique,
Du candidat... le meilleur point!

De tous ceux dont la muse amie
Charme les jours, fixe le sort,

9.

Cercle, cénacle, académie,
Arrêtèrent toujours l'essor !

De plus d'un écrivain de race
L'épitaphe est : « Il ne fut rien ! »
Dis, mon Virgile, ou ton Horace,
Fut-il académicien?...

Aux prés, aux champs, qu'avril parfume,
L'un faisant de divins discours,
L'autre, à la cascade qui fume,
Comme toi, les faisaient trop courts ! ! !

Puisserguier, 14 avril 1865.

XXVII

A MONSIEUR VIENNET

DE L'ACADÉMIE FRANÇAISE

RÉPONSE A UN BILLET

Toi qui de Fontenelle, aux grâces ineffables,
Et du *bon homme* encore, as trouvé le moyen,
Tout en continuant leur esprit et leurs fables,
D'être tout à la fois, ô très-jeune doyen,
Un satirique aimable, un parfait citoyen!

Dont la muse, à l'accent fier et patriotique,
De mâle indépendance et de verve caustique
Fait un don opulent à notre sol Gaulois

Et cultive, aux sillons qu'ensemença Montaigne,
Toutes les vérités qu'il est bon qu'on enseigne :
Catéchisme éternel des peuples et des rois!

Lecteur spirituel de notre Académie,
Qui sait la réveiller quand elle est endormie,
Dont la gaîté, l'*humour*, peut des plus sérieux
Dérider le front grave et la mine sévère,
Vert et malin vieillard, dont j'aime et je révère
Le trait leste et léger, le sens judicieux!

Plus fin que Rivarol, plus docte que Ménage,
Tes œuvres charmeront, sois-en sûr, d'âge en âge,
Tout homme à qui plaît Sterne enté sur Rabelais ;
Que séduit un parler piquant et fin, — qu'attire
Allusion maligne, innocente satire,
En un mot, le Gaulois tempéré par l'Anglais!

Noble enfant de Béziers, l'aimable et douce ville,
Cette fleur du midi, cette sœur de Séville,
Ce paradis [1] que nul sans larmes n'a quitté, —
Ma main tremble, et mon cœur est palpitant de joie,

---

[1] Si Deus in terris vellet habitare, — Biterris!

En lisant le billet que l'indulgence envoie
A des vers dont ton cœur a, dis-tu, palpité !

Présent par la pensée à ces lieux où ton père
Naquit, vécut, mourut, dans un calme prospère,
Dans l'estime entourant, de baptême à trépas,
Tout homme dédaignant une gloire fragile,
Et qui sait être heureux entre Horace et Virgile, —
Tu voudrais bien venir,... mais tu ne le peux pas !

Vers Saliès [1] aux toits blancs, aux plus blanches tourelles,
Aux jardins où Bulbul murmure ses querelles,
Ton billet à la main, j'ai couru, tout joyeux,
A l'heure matinale où ton aimable frère [2]
Fredonnait, au réveil, quelque refrain de guerre,
Qui lui mettait souvent des larmes dans les yeux !

Tout frémissait d'amour... aux fleurs qu'Alphonse [3] arrose
Souriait tendrement l'aurore aux doigts de rose...
La muse était au seuil, et le soleil, au toit :

[1] Chateau des Viennet, sur le territoire de la commune de Qua-
rante, à 18 kilomètres de Béziers.

[2] M. Viennet, ancien commandant de places fortes, décédé
à Saliès, au milieu des larmes de toutes les populations voi-
sines.

[3] M. Alphonse Viennet, receveur particulier des finances à Nar-
bonne, propriétaire du château de Saliès.

Saliès resplendissant faisait fête à son hôte,...
Et je me rappelais ce frère, à taille haute,
Qui ne plia jamais, comme ton buste, à toi!

A l'instar de Reboul, dont vibre encor ma lyre,
Que, fidèle à sa foi, je suis fidèle à lire,
Détestant, comme toi, les bruyants charlatans,
Je vis obscurément dans une humble retraite,
Avec cet Apollon que le siècle maltraite
Et qu'il doit maltraiter encor trente-sept ans!

Echappé, par miracle, à sept ans de souffrance,
Rimant, — non comme toi pour Paris, pour la France,
Mais pour moi, des amis au tendre souvenir, —
Des champs épris, j'y tiens commerce avec la muse...
Je repouse et je hais la ville « où l'on s'amuse. »
Fors Béziers — quand surtout tu devras y venir!!

Puisserguier, mai 1863.

XXVIII

A SA MAJESTÉ VICTOR EMMANUEL

ROI D'ITALIE

I

Toi dont le bras s'étend, et dont le sceptre règne,
De Naples à Turin, de Sicile à Sardaigne,
Soldat-chasseur, si fier de ton double métier,
Qu'enivrent bruit et choc d'armes et de cymbales,
Et nuage de poudre et sifflement des balles,
Et que la plaine en feu cède à l'ombreux sentier !

Tour à tour gai Nemrod, au jarret intrépide,
Bersaglier lancé vers l'étape rapide,
Porte-glaive demain, hier porte-havresac,
Giberne sur le dos, ou fusil à l'épaule,

Tu vas, vaillant de cœur, et joyeux de parole,
De Bellone à Diane, et du chaume au bivac!

J'aime ton pas brûlant, ton ardeur belliqueuse,
La moustache ombrageant ta lèvre un peu moqueuse...
Roi sans faste, ennuyé de cour et de palais,
Au fauteuil à clous d'or, pour tes goûts tu préfères
Un escabeau de bois, — les loisirs aux affaires,
Les valets de la meute, aux meutes de valets!   .

Je suis, en frémissant, tes pas et ton vestige,
Dans ces gouffres sans fond qui donnent le vertige,
Quand tu poursuis chevreuil ou chamois bondissant,
Volant de pente en pente, et d'abîme en abîme,
De sommet en sommet, de la base à la cime,
Emporté par l'ardeur de ton généreux sang!

Hier, — ce *Messager*, que Montpellier m'envoie,
Contait qu'un jour,... un soir,... ayant perdu ta voie,
Dans ces sombres sentiers qu'ombrage le sapin,
Que hante avec bonheur ton pied que rien ne lasse,
Tu cherchas, bien longtemps, dans la neige et la glace
Pour ta fatigue, un gîte... et pour ta faim, du pain!

Les astres scintillaient dans une nuit profonde...
Sous un ciel étoilé brillait Phœbé la blonde...

Elle te souriait... comme un jour de combat !
Un chalet t'apparut... —jamais l'hôte d'un Louvre,
Sous l'édredon soyeux dont le duvet le couvre,
N'a dormi, — comme toi, sur le rude grabat !

· Sire ! il est bon, — tout prince en conviendrait sans doute,
Qu'un roi, ce dieu mortel que tout mortel redoute,
Des degrés, des hauteurs où son trône est assis,
— Comme l'oiseau royal se lasse son aire, —
Vienne vers ses sujets, monarque débonnaire,
Rompre avec eux leur pain, écouter leurs récits !

Ainsi notre Henri, notre roi populaire,
Quand la guerre éteignait sa foudre et sa colère,
Dans la forêt profonde et les fourrés épais,
Sous d'humbles vêtements cachant nom, rang et gloire,
Du bûcheron mangeait le pain à croûte noire,
Et goûtait sa piquette... et dans la paix, — sa paix !

Tel, on te voit ! — Aussi, le Piémontais qui t'aime,
Qui te voit rarement porter le diadème,.
Et cent fois plus heureux dans les champs qu'à la cour,
Te donne un diadème, et t'offre une couronne
Au-dessus des splendeurs dont un roi s'environne.
Diadème du cœur et couronne d'amour !!

II

Sire, assez haut pour vous j'ai dit ma sympathie,
Donc Votre Majesté, de Cassandre avertie,
A l'avertissement doit une attention!...
Prince aux nobles instincts, à l'âme valeureuse,
Sous ton sceptre et tes lois rends l'Italie heureuse...
Mais laisse, laisse en paix la terrestre Sion!

Crois-moi, ne rêve point la conquête de Rome!
Tu la voudrais, dit-on, à ton nouveau royaume,
Bien que tu sois déjà sextuple souverain,
Ajouter comme annexe ou comme succursale,
En faire du Piémont la très-humble vassale,
Elle qui fut durant deux mille ans, — suzerain!

Dieu, de sa propre main, au front du roi qu'elle aime,
A mis de ses splendeurs l'auréole suprême,
Et l'a constitué le gardien de sa croix,
Le semeur de son grain sur la terre où nous sommes,
Le prince de l'Église, et le père des hommes [1],
Homme divin pour l'homme, et roi pour tous les rois!

[1] *Pape*, en grec, *Père*.

Puis, baisant à ce front cette divine marque,
Les siècles et les rois en ont fait un monarque,
Pour qu'il fût ici-bas vierge de tout lien !
A ce Pape qui fut souvent un pauvre moine,
Ils ont donné le sol romain, — pour patrimoine,
La fleur de l'Italie, à cet Italien !

Il fallait, — c'était là le droit, la loi suprême ! —
Que ce prêtre si doux qui reflète Dieu même,
Eût, comme tout monarque, un sceptre dans sa main,
Et que ce souverain, libre dans Rome libre,
Fût, des rives du Gange aux rivages du Tibre,
Un pouvoir, — respecté de tout pouvoir humain !

III

Victor-Emmanuel ! dans ta soif de conquête,
De son bien, — bien de tous, — ne te mets point en quête !
Laisse le Siége saint, trône de charité !
Respect à ce vieillard !... à cette robe blanche,
A cette majesté que la tristesse penche,
Ne porte point la main de la témérité !

Roi ! qu'un char triomphal dans les camps te promène ;
Aux dépens de l'Autriche, agrandis ton domaine,

Qu'un labeur glorieux succède à ton loisir !
Que l'Italie, au sol, au ciel si poétique,
Des Alpes et du Pô, jusqu'à l'Adriatique,
Soit libre ! — A plus d'un cœur palpite ce désir !

Que ton souffle puissant réveille, galvanise,
Et Vérone, et Vicence, et Padoue, et Venise !
Du germanique archer romps et la flèche et l'arc !
Que le Lido te berce à ton rêve, — à sa brise !
Joins, d'un trait d'union, si Mars te favorise,
Au dôme de Milan les voûtes de Saint-Marc !

Sois un libérateur ! affranchis l'Italie !
Que, sous ton propre joug, tout joug étranger plie !
A les hommes de fer prête un homme de feu !
Mais la paix aux Romains et le repos à Rome !
A son Pontife-Roi laisse trône et royaume !
Ce qu'il a n'appartient à nul autre que Dieu !

De tes canons rayés, vaine serait la poudre...
Et les foudres du ciel feraient taire ta foudre. —
Elles écraseraient, au seuil du Vatican,
L'insensé qui voudrait fermer la ville sainte,
Tenir le saint vieillard captif dans son enceinte,
Et s'asseoir, à sa place, à son trône vacant !

IV

Prince ! je t'ai dit vrai : Dieu brise et sa main frappe
Toute main qui voudrait frapper, briser le Pape !...
Crois-moi, ne pousse point ton soc à ce sillon !
Tu serais emporté, mon vers te le répète,
Comme l'oiseau chétif, au vol de la tempête,
Comme le brin de paille, au creux du tourbillon !

Vers Roland qui marchait tout droit, poitrine en face,
Le félon Ganelon, traître vil, âme basse,
Chevalier déloyal, — allait, par maint détour !
Toi, dont le noble cœur respire la droiture,
Laisse aux cœurs tortueux la fourbe et l'imposture :
Emmanuel, sois l'aigle, et non pas le vautour !

Issu de tous ces preux, de catholique race,
Dont la lèvre à prier n'eût jamais été lasse,
Dont les genoux usaient les dalles du saint lieu,
Qui rehaussent ton nom à leur grande mémoire —
Tu ne peux point mentir à leur sang, à leur gloire :
Tu ne peux renier eux, leur culte et ton Dieu !

Non, tu ne le peux point. Souviens-toi de ton père,
Ce cœur si valeureux, et cette âme si fière,
Qui n'avait de repos que sur un lit de camp,
Qu'enivraient comme toi les bruits de bataille,
Dont rien ne put plier ni l'orgueil ni la taille,
Mais qui plia toujours devant le Vatican.

EMMANUEL, son ombre, en gémissant t'appelle...
Elle plane aux abords de la ville éternelle...
Écoute cette voix qui murmure : « au secours !...»
Et sois sourd aux flatteurs, « présent le plus funeste,
Que puisse faire aux rois la colère céleste »
Comme le leur enseigne un poète des cours ! [1]

V

La France est aussi là, qui rêve... et qui regarde,
L'œil sur sa vieille épée, et le poing sur la garde !...
Si vers l'arche d'antique alliance, — ta main
Faisait signe, en serrant le pommeau de ton glaive;
Elle se lèverait, avant que tu te lève,
Et viendrait, de son corps, te barrer le chemin !

[1] Racine, Phèdre.

Ces zouaves si fiers, à l'âme si hardie,
Qui firent près de toi bivac en Lombardie,
Mêlant, dans leurs vivats, l'Empereur et le Roi —
Parés de ces lauriers que, dans ces vastes plaines,
Vous avez moissonnés, côte à côte, à mains pleines,
Placeraient leur poitrine entre le pape et toi !

Chacun serait soldat, dans ma France si belle...
Tout cœur serait rempart, et tout œil sentinelle,
Toute voix, un écho du nouveau Sinaï !
Quittant soc qui laboure, ou plume qui barbouille,
Toute main essuîrait le sabre qui se rouille,
Pour en mettre la pointe auprès de Mastaï ! ! !

XXIX

PRIÈRE AU BIENHEUREUX CURÉ D'ARS

COMPOSÉE POUR LES ENFANTS
DES ÉCOLES DE L'ARRONDISSEMENT DE BÉZIERS

Grand saint que la France regrette,
Qui veillez sur ma jeune tête
Confiée à vos doux regards,
Pour qui voix d'hommes et voix d'anges
Se confondent dans les louanges, —
O vénérable curé d'Ars,

A notre bien-aimé poëte
Qu'un mal cruel, hélas! maltraite,
Rendez le jambes, la santé,

Pour qu'il puisse, — ô douceur insigne ! —
Voir la vendange, quand la vigne
Aura bu les dons de l'été !

Grand saint, abrégez son épreuve !
Qu'il ait une existence neuve !
Je vous le demande, à genoux !
Et, quand pour lui sonnera l'heure
Où l'hôte quitte la demeure,
Qu'il soit bienheureux comme vous ! ! !

XXX

ADÉLAIDE

SUR UN PORTRAIT PEINT PAR Mme VALENTNE DELESSERT

Je n'ai point vu sa dernière heure,
Ni près d'elle vécu mes jours;
D'où vient pourtant que je la pleure
Comme ceux qu'on a vus toujours?

C'est que, bien qu'elle fût absente,
Lorsqu'époux, je franchis ton seuil,
Ce portrait, ombre caressante,
La fait revivre sous mon œil !

Toi qui la possédas pour mère,
Tu m'as dit son nom si souvent

Que je le mêle à ma prière
Comme l'ami qui fut vivant !

Ce doux nom, quand je le prononce
Sur un luth de crêpe voilé,
Il me semble ouïr la réponse
Dans les voix du ciel étoilé !

Je la vois, avec un sourire,
Le front pudique et l'œil aimant,
Près de ceux que vers elle attire
Je ne sais quel secret aimant !

A leurs côtés, belle et divine,
Parfois, émue, avec des pleurs...
Rougissant, quand on la devine...
Fraîche et pure comme ses fleurs !

Chantante comme l'espérance,
Jetant des perles et des sons,
Modulant sa voix en cadence
Comme la fauvette, aux buissons !

Parfois, laissant la rêverie
L'emporter dans quelque oasis,
Comme l'onde sous la prairie,
Vers les abris qu'elle a choisis !

Ainsi que le rameau du saule
Tombe sur le flot amoureux,
Voyez tomber sur son épaule
En longues boucles ses cheveux !

Oh ! quel plus doux regard de femme
Sous la paupière a jamais lui !
On voit passer toute son âme
Dans le rayon qui vient de lui !

Ce rayon, il était ta vie,
O toi que la sienne anima !
A ton amour bientôt ravie,
Entre toutes elle t'aima !

Semblable à la rose qui passe,
Elle ne brilla qu'un printemps ;
Mais ceux près de qui fut sa place
D'elle se souviendront longtemps !

Son nom !... la lyre le murmure
Au ciel où la mort l'emporta...
Pour la terre elle était trop pure :
A ses anges Dieu l'ajouta ! !

XXXI

L'ENFANT AUX SEPT DONS

A MA SŒUR GABRIELLE

I

Ainsi, ma blonde Gabrielle,
Votre doux rêve est couronné :
Ange, vous déployez votre aile
Sur un berceau de nouveau-né.

O mère, que sa vue enflamme,
Quel printemps de félicité
Doit souffler dans votre jeune âme
Ses brises de suavité !

10.

De David fécondant la race,
Nouvelle tige de Jessé,
Qu'à la vierge, pleine de grâce,
Grâcieux bouquet soit tressé !

Et que votre main y marie
De l'arc-en-ciel les sept couleurs !
Devancez le mois de Marie,
Votre fruit devançant les fleurs !

Vers ces horizons de lumière,
Terme promis à notre exil,
Faites monter une prière,
Dans la tiède haleine d'Avril !

N'attendez point que soit éclose,
Aux abris de votre jardin,
Cette fraîche et suave rose,
Qu'Ève respira dans l'Éden !

Que votre parfum, Gabrielle,
Monte, avant le sien, vers le ciel !
Que la Vierge le prenne à l'aile
De son messager Gabriel !

Pour moi dont le luth poétique,
Dans les pleurs longtemps abîmé,
De tout bonheur fait un cantique,
Depuis que Dieu l'a ranimé,

Mon âme ne fut point muette
Pour la Vierge au front triomphant,
Et j'ai présenté ma requête
A son enfant pour votre enfant !

Pour lui j'ai demandé lumière,
Conseil, au maître intelligent ;
Foi de *Paul,* et force de *Pierre,*
Amour et tendresse de *Jean ;*

La grâce pieuse de celle
Dont votre fille a le doux nom,
De David la crainte et le zèle,
La sagesse de *Salomon !*

La foi subit une tourmente —
Ce siècle a besoin de pardon ;
Ah ! que la foi de Paul [1] augmente,
Sous l'influence de ce don !

[1] Nom de l'enfant.

Qu'il soit le fruit de la promesse,
Puisqu'il est du désir la fleur,
Le père de votre allégresse,
Ce fils enfanté sans douleur !

Chaste anneau de votre alliance,
Charme de votre souvenir,
Qu'il 'dise au présent : « confiance. «
Qu'il chante : « espoir » à l'avenir !

Que sa gloire fasse revivre
L'aïeul au passé glorieux !...
Qu'il soit un feuillet d'or au livre
Qu'aimeront à lire ses yeux [1] !

II

Ainsi disais-je.., et ma prière
Fut agréable à l'Esprit saint...
Le ciel s'ouvrit... dans sa lumière
Volait un angélique essaim...

---

[1] Hélas! le vœu du poète n'a pas été exaucé. *Vide* ci-dessous
la pièce : A la mémoire de Jean Renard.

L'un de ces anges, âme absente,
Visible à mes yeux recueillis,
Vint à moi, l'aile frémissante,
disant : « Tes vœux sont accueillis !... »

Dans l'air et dans l'azur limpide,
Parfumés comme un encensoir,
Un nom, celui d'Adélaïde,
Résonnait, aux lyres du soir !

Mon œil se ferma sur un songe
Où tout le ciel chantai en chœur !
A mon réveil, à vous je songe,
Et mon cœur vient à votre chœur !

Gabrielle, à mon luth la Vierge
A mis cet hymne musical !
Qu'à sa chapelle, votre cierge,
Devance le cierge pascal !!!

Puisserguier, 30 avril 1865.

XXXII

PIQUO - TALÉN

Talén, c'est l'appétit, en langage celtique ;
Piquo, c'est l'aiguillon ; — nulle part et jamais
Mieux nommé ne fut lieu salubre et poétique,
Assaisonnant d'air vif les rimes et les mets !

Après sont les sentiers ; mais si fraîche est la brise
Au visage enflammé du marcheur haletant,
Qu'elle reconstitue un jarret qui se brise
A dompter cette cime où le repos l'attend !

Le baume, les parfums, l'odeur fortifiante
De ce roc où la plante avec amour fleurit,

Feraient revivre un mort : tant est vivifiante
Leur tonique vertu dont le corps se nourrit !

Le thym, le serpolet, la suave résine
Des pins se condensant en sucs restaurateurs,
Foisonnent, mariant à la souche voisine
Leur forte exhalaison, leurs agrestes senteurs !

C'est là, qu'au jour naissant, de mon pas solitaire
Je réveille l'écho, ce paresseux ami ;
J'oublie et les douleurs et les soins de la terre,
Dans ce charmant asile, où j'ai souvent dormi,

Alors que la cigale à l'amant de l'automne,
A l'olivier blafard de son bruit assourdi
Murmure incessamment son refrain monotone,
Pendant que tout s'allume aux flammes de midi !

Mon *Puisserguier* me rit, comme ces gentes filles
Laissant flotter leur robe au souffle matinal ;
Mille côteaux charmants l'entourent de charmilles
Festonnant de verdure un azur virginal !

Le peuplier frémissant, le tendre ormeau, le hêtre
Balançant leurs rameaux sur des ceps pleins de vin,

Prêtent des voluptés à ce site champêtre
Qu'anime de sa voix le rossignol divin !

Sous les branches du saule, — amante que délaisse,
Pour de récents amours, ce trop volage époux,
La fauvette plaintive et pleurant de tendresse,
Mêle au bruit du ruisseau des murmures jaloux !

Cet être aérien qui, pour la fleur nouvelle,
Abandonne la fleur veuve d'une beauté,
L'inconstant papillon vole de belle en belle,
Étalant sa blancheur et sa légèreté !

La chèvre, à chaque pas, se suspend à la branche
Où butine l'insecte au corselet d'azur ;
La sauvage bondit, et sa mamelle blanche
S'enfle à cette maraude, et s'emplit d'un lait pur !

Le genêt, l'églantier, à la roche rougeâtre,
Livrent leur doux parfums et leurs vives couleurs,
Et l'insecte, l'oiseau, le poëte, le pâtre,
Respirent Dieu lui-même à l'essence des fleurs !

Saint-Christophe, joyeux des vendanges prochaines,
Mêle aux bruits du matin un murmure béni,
Et le tendre *Angelus* tintant sous le vieux chêne,
Met l'homme hors du seuil, les oiseaux hors du nid !

. Tout respire le calme et rayonne la vie ;
Tout tressaille d'amour et de fécondité ;
Arrachée à la terre, au ciel même ravie,
L'âme ne rêve plus que l'immortalité !

O doux Piquo-talén ! frais et joli cottage !
Auprès de toi que sont or, honneur et savoir !
O vigne de mon père ! ô ma part d'héritage !
Qu'après sept ans de deuil j'ai de joie à te voir !!

XXXIII

A LA MÉMOIRE DE JEAN RENARD

ANCIEN PROCUREUR GÉNÉRAL

DÉDIÉE A LA MAGISTRATURE DU RESSORT DE LA COUR IMPÉRIALE
DE MONTPELLIER

Une page de plus à jeter dans ce livre !...
A force de souffrir, il a cessé de vivre,
De palpiter, ce cœur dont l'amour me donna
Quelque chose de mieux que la vie elle-même,
L'ange qui m'a refait par un second baptême,
L'astre dont la clarté sur ma nuit rayonna !

Il avait l'âme tendre et forte tout ensemble,
L'une de ces fiertés auxquelles ne ressemble

Aucune platitude encensée aujourd'hui !
Aux sillons tourmentés que ma douleur laboure,
Où le trépas s'acharne à tout ce qui m'entoure,
Mon charme était en elle, et ma force dans lui !

Tout ceux qui sont allés aux seuils divins, m'attendre,
Du vieillard de Pathmos ont porté le nom tendre ;
Plusieurs m'ont de ce nom bercé sur leurs genoux ;
Mon respectable aïeul, ma vénérable mère,
Et mon père si doux, malgré sa vie amère,
Et lui, — tous ont à moi légué ce nom si doux !

Il m'aimait comme on aime une œuvre qu'on a faite,
Et, quand il m'écoutait, sa joie était parfaite,
Surtout, quand mon succès couronnait son orgueil ;
L'ouragan furieux a détruit son ouvrage,
Et le poids de mes maux accablé son courage,
Et tout mon avenir est clos dans ce cercueil !

Ainsi que Siméon, il est mort à son œuvre,
Ou comme un vieux pilote, au bout de la manœuvre,
Et repliant sa voile avant d'entrer au port !
Mort, avec cette foi du chrétien qui se signe,
Qui recommande à Dieu son âme — et se résigne,
Au départ, à l'absence, à l'exil, à la mort !

L'exil ! ah ! c'est à nous, demeurants de la terre,
Que son air va peser plus lourd, plus délétère,
Que les jours paraîtront plus vides et plus longs !
Mais les croix auront beau pleuvoir sur notre épaule,
Il sera la boussole acheminant au pôle
Notre navire errant, au gré des aquilons !!

Puisserguier, 22 juillet 1865.

LIVRE DEUXIÈME

MIDI — MONTAGNE NOIRE — ITALIE — SUISSE

EXCURSIONS — ASCENSIONS — VOYAGES — IMPRESSIONS
PAYSAGES

ÉTAPES POÉTIQUES

I

NIMES

DÉDIÉE A MESSIEURS DE L'ACADÉMIE DU GARD

I

A toi, Nimes, ce chant du chantre qui s'éveille,
Chaque fois que ton nom vient frapper son oreille,
    Arracher son luth au sommeil !
Vers un de tes enfants, prêtre à l'âme brûlante,
Ne put l'acheminer sa jambe chancelante,
    Dans un jour froid et sans soleil !

Nimes, ton nom, le mien, sur sa lèvre bénie
S'unirent : de Reboul et l'ombre et le génie
    Planèrent sur un souvenir ;

Et vers lui, vers toi, mère à l'âme désolée,
Comme cette Rachel, la mère inconsolée,
    Tu me vois déjà revenir !

C'est que je t'aime, avec ton front doux et superbe,
Mieux que la ville au front enseveli sous l'herbe,
    Palmyre, chère à Salomon,
Dont le soleil, brillant du haut de la colline,
Saluait le vieux temple, effroyable ruine
    Croulant comme croule un grand nom [1]!

Ces lambeaux, ces débris, sous un vêtement fruste,
Sont les traits d'autrefois dans une image auguste ;
    L'index les montre avec orgueil ;
Ce sont là des grandeurs sublimes, des fantômes
Géants, — des majestés qu'aux yeux de tous les hommes
    Sacrent la ruine et le deuil !

Toute chose ou tout être, après longue durée,
Pliant au poids des ans, de l'épreuve endurée,
    Vieux roi — vieux trône — vieille tour,
Pour qui n'ont les cœurs plats que l'abandon, l'insulte,
Sont pour tout noble cœur l'objet d'un noble culte,!
    Divinisant presque l'amour !

---

[1] Au nombre et au premier rang des ruines de Palmyre est son
temple du soleil.

Donc, c'est avec amour, et même avec délire,
. Qu'on m'a vu saluer de mon cœur, de ma lyre,
    Inspirés, en les regardant,
Herculanum en cendre et Ninive en poussière [1],
Et l'Orient, jadis pays de la lumière,
    Qu'éclaire aujourd'hui l'Occident !

Ces hauteurs du passé que la muse domine,
. Ces restes que défend contre le temps qui mine
    L'homme qui répare toujours,
Ces asiles, ces lieux à tous jamais célèbres,
Sont pourtant des tombeaux pleins d'ombre et de ténèbres,
    Qui repoussent l'astre des jours !

Mais toi, Nîmes, debout sur tes vieilles collines,
Tu restes toujours jeune au milieu des ruines
    Qui t'entourent de toutes parts ;
Et toutes ces splendeurs qu'en tes murs on admire
N'ont pas au flanc la mort qui dévore Palmyre,
    La ville sans bruit, sans remparts !

La vie en toi jaillit et coule, à sources pleines ;
Le labeur fait son œuvre en tes immenses plaines,
    Resplendissantes de beauté ;

[1] Poëmes faisant partie d'un volume qui sera prochainement publié.

Tes toits, sous un ciel bleu, vierge de tout nuage,
Tes larges boulevards, brillent comme un mirage,
  Dans tes splendides jours d'été !

Tu vis et tu produis, et le soleil anime
De ses plus chauds rayons la lumineuse Nîme,
  Lutèce de notre Midi ;
L'homme de l'art ou bien l'homme de la prière
Fait flotter pour devise aux plis de sa bannière :
  « Je crois, et n'ai jamais tiédi ! »

Artistes, artisans, ouvriers, pinceau, plume,
Sont autant de foyers près d'un autel où fume
  L'encens de la foi, de l'amour ;
Sanctuaire et comptoir, et fabrique et boutique,
Sont des asiles saints où la croyance antique
  Fleurit plus pure chaque jour !

Poëtes inspirés, catholiques fidèles,
Peintres éblouissants comme blancs asphodèles,
  Poussent à ton superbe sol ;
Sur cette terre fière, indépendante et libre,
L'amoureux *troubadour* et le joyeux *félibre*
  Chantent avec le rossignol !

Sur les bords embaumés du fleuve qui t'arrose
Croissent, remplissant l'air de leurs parfums, la rose,
    L'œillet à la vive couleur ;
Autour de la cité que protége Marie,
Comme le souvenir à l'espoir se marie,
    L'olivier rit au cep en fleur [1] !

II

Toujours jeune au milieu de son ancienne gloire,
Nîmes du cœur surtout conserve la mémoire,
    Qui sait et peut tout rajeunir ;
Avec amour, respect, mon regard la contemple :
Car elle m'apparaît comme un immense temple
    Que Dieu se complaît à bénir !

Sa chaire, son barreau, son institut antique
Sont la voix du *Lycée* et l'écho du *Portique*,
    — Tant éclate leur vieux renom, —

---

[1] L'olivier n'est plus, on le sait, dans nos contrées, qu'à l'état de *souvenir*. Cet arbre que Reboul aimait tant (voir aux *Traditionnelles*, la pièce intitulée la *Cueillette des olives*), qu'aime tant, comme lui, son frère survivant, a dû faire place à la vigne, *espoir* de l'agriculture. Dieu veuille qu'on ne regrette pas un jour, quand aura moins de prix le flot de pourpre jaillissant de la cuve, le flot d'or qui débordait des *jarres !*

Et, fourmillant toujours de gloires indigènes,
Font, à l'envi, de Nîme, une Rome, — d'Athènes
  ' Ressuscitant le Parthénon !

Des poëtes nombreux dont le luth pour Dieu chante,
Font revivre à ces bords que le *Gardon* enchante,
  Sous un ciel suave et serein,
Cet aimable chanteur dont le pâtre à sa lèvre
Garde le nom, — l'ami de l'aimable Penthièvre :
  L'auteur d'*Estelle et Némorin !*

III

Donc, lorsque la vapeur près de Nîmes s'arrête,
J'accours, joyeux, et courbe avec respect ma tête
  Que je n'aime point à plier,
Devant cette statue à la pose adorable,
Que tailla dans un bloc de marbre, — l'admirable,
  Le divin ciseau de Pradier !

En face, le *palais* se dresse ; — à mon oreille
Son écho que mon pas retentissant réveille,
  M'apporte un mâle, un noble accent ;

C'est le savant Béchard, l'aimable Laboulie
Dont la fière parole « oncques ne fut salie; »
    C'est Boyer, l'orateur puissant!

Comme eux Paris à Nîme eût bien voulu le prendre;
Mais Nîme eut son baptême, et Nîme aura sa cendre :
    Ce noble enfant de ses amours,
Dédaigneux d'un renom, d'une gloire éphémère,
N'a point voulu quitter Nîmes, sa tendre mère ;
    Près d'elle il veut finir ses jours !

Pour la troisième fois, en passant, je m'incline
Devant cette superbe et tant vieille ruine
    Où lions et gladiateurs
Du proconsul romain, se pavanant en loge,
Amusaient les loisirs, — et disputaient l'éloge
    Des césariens dictateurs!

Salut Saint-Paul, église à mes rêves si chère,
Où, bien des fois, enfant, sous un oncle, vicaire
    Du pieux curé Guimetti,
J'ai joint les mains, plié les genoux et la tête,
Tandis que la discorde, allumant la tempête,
    Se ruait au *saint converti!*

Salut, salut à toi, *Maison-Carrée* et sombre
Où le temps et Colin entassèrent sans nombre
    Des trésors sans cesse agrandis ;
Où le grand Sigalon, le peintre aux teintes chaudes,
Mit des toiles au mur, belles comme les odes
    Que faisaient nos bardes jadis !

Salut à toi, *fontaine* amoureuse et charmante !
Reboul vint à tes flots, d'une âme ardente, aimante,
    Puiser ces chants dont le trépas
Doit respecter la source, aussi bien que la tienne ;
A ses vers Nîmes puise un flot de foi chrétienne

    Dont l'onde ne tarira pas !

Et toi, Diane, toi, débris qui me raconte
L'impuissance des dieux par qui s'accrut la honte
    Du César que l'or couronna,
Tu n'as plus rien à dire à ceux qui te visitent,
Et les amants transis qui t'adoraient, — hésitent
    Devant Dieu qui te détrôna !

Et toi, ma vieille tour qui projettes sur Nîme
De vieilles majestés au-dessus d'un abîme,
    Toi qui voyais de près souvent

Ce Reboul, dont la gloire ajoutait à ta gloire,
Ah ! du poëte mort conserve la mémoire !...
    Souris au poëte vivant !

Et toi, nourrice [1], toi, qui, dès la première heure,
Pour lait pur m'as donné cette foi qui demeure
    Comme ancre au cœur qu'elle défend,
A ton sein j'ai puisé le céleste breuvage,
Dans un hymne récent [2] consolé ton veuvage...
    Adopte-moi pour ton enfant!!

---

[1] L'auteur a fait une partie de ses études classiques au lycée de Nîmes.

[2] Hommage funèbre à la mémoire de Jean Reboul, édité par M. Lemoine, à Nîmes.

LES FEUX DE LA SAINT JEAN

AU BORD DE LA MER

I

La mer est bleue, et bleu le ciel, et bleue encore
Cette chaîne des monts que le couchant colore ;
Bleus tous ces horizons si merveilleux à voir, —
Et bleus seraient aussi mes rêves de ce soir,
Si, tandis que tout chante au large, et sur les rives,
Deux fantômes aux voix suaves, mais plaintives,
N'éveillaient en mon cœur un souvenir amer,
Et qu'attisent ces feux empourprant cette mer !...

II

C'était bien aujourd'hui qu'en liesse parfaite
Et du saint et de *lui* nous célébrions la fête :
Fête qu'on attendait dès le premier de l'an,
Et qui faisait trouver le mois de juin si lent !
Car *Jean*, c'était le nom de ce père si tendre
Qui sitôt dans le ciel s'en alla nous attendre,
Nous, ses pauvres enfants, sans aide, sans appui,
Que laissait orphelins, quelques jours après lui,
Jeanne, notre soutien, notre espoir, notre mère,
Qui mourut, — emportant cette pensée amère ! !

Au Grau d'Agde, 24 juin 1863
(jour de la Nativité de Saint Jean-Baptiste).

III

BÉZIERS

DÉDIÉE A MESSIEURS DE LA SOCIÉTÉ ARCHÉOLOGIQUE DE BÉZIERS

I

Le voyez-vous — là-haut — qui, depuis trois mille ans,
Sur le roc imprenable, aux siècles insolents,
Au temps, ce destructeur qui toujours sape et mine,
Résiste — et fièrement sur nos plaines domine?
C'est Béziers, — la vineuse et romaine cité :
— Une hauteur planant sur une immensité, —
La ville aux souvenirs, au passé plein de gloire,
Où, fort comme le Rhône, et beau comme la Loire,
Entre deux-bords fleuris, coule un fleuve divin,
Qui lui donne moins d'eau, que ses plaines, de vin !

Ayant à ses remparts quadruple sentinelle,
Saint-Jacques, Saint-Nazaire, Aphrodise, et puis celle
Qui versait des parfums sur les pieds de Jésus, —
Les celliers versent l'or aux pieds de ses Crésus!
Sans cesse l'eau-de-vie y brûle, et de sa flamme
De l'Europe aux regards éteints, réchauffe l'âme!
Son sol comme pas un, numismatique, ancien,
Porta longtemps l'Ibère avec le Phénicien,
Et fut l'un des rayons de la zone française
Qui s'appela jadis la Gaule Narbonnaise.
Enceinte au front superbe et quadrilatéral,
Ses murs démantelés par le fils d'Héristal
Présentaient fièrement, orientant l'espace,
Aux quatre régions du ciel quadruple face.
Son assise puissante émerveillait Strabon;...
Pline dit que « le vin de son terroir est bon... »
Un faune a raconté, dans son amphithéâtre,
Que Béziers de Bacchus fut toujours idolâtre,
Que les dons de ce dieu chauffèrent ses hivers
Et qu'il se couronna toujours de pampres verts!

II

Cité dans tous les temps et féconde et bénie,
Le vin y coule à flots, ainsi que le génie

Qui, sous les chauds rayons d'un splendide soleil,
Est abreuvé d'un jus, d'un nectar sans pareil !
On peut, à pleines mains, moissonner dans l'histoire
Les noms qu'y font fleurir vieux sol et vieille gloire :
Riquet, par qui deux mers s'embrassent tendrement,
Dont David a sculpté le grand front — grandement ;
Le vaillant maréchal, à la superbe mine :
Pont de Lauzière, dit le marquis de Thémine,
Que plus d'un maréchal, Thémine de nos jours,
Fait noblement revivre ; et, chef des troubadours,
Ce bon Raymond Gaucelm « qui n'aimait point l'avare, »
Un faiseur de sirvente, en nos temps « oiseau rare, »
Dont le luth a chanté notre grand saint Louis,
Le roi que tous les rois contemplent, éblouis,
Le Valois, qu'admirait le Bourbon Henri-Quatre,
Ce vert galant qui sut si bien boire et se battre ;
Andoque ; Barbeyrac, à Toulouse enseigné ;
Pelisson-Fontanier, dont a dit Sévigné
Que sa grande laideur rehaussait sa belle âme ;
Mairan, qu'aimait Geoffrin, la très-aimable dame,
Mais préférant, au bras de son cher Portalon,
Le bel astre du ciel aux astres de salon,
Et le plaisir sans bruit à la gloire bruyante,
« *Lasciva puella,* sous les saules fuyante »
A toutes ces beautés qui brillent dans les cours, —
Plus clair que Fontenelle aux plus abstraits discours ;

Et Louis Domaíron, qui tint sous sa férule
A Brienne, foyer où sa mémoire brûle,
Avant qu'il commandât et fût le maître au camp,
Ce Corse « homme — granit chauffé dans un volcan; »
Enfin, plus près de nous, — abrégeant cette liste, —
Le bon curé Martin, et ce gai fabuliste,
Esprit jeune, malgré ses quatre-vingts hivers,
Et portant vaillamment et son âge et ses vers ! !

III

Voulez-vous maintenant que des muses, des grâces,
Nous suivions, à Béziers, le sourire et les traces?...
Allons, lorsque la brise a rafraîchi le soir,
Et que le poids du jour est léger, — nous asseoir
Par delà Paul-Riquet, dont le regard nous guette,
Sur ce plateau charmant, belvéder du poëte ;
Au Pont-Rouge, ce pont des soupirs, de Béziers,
Où Cupidon s'enivre au parfum des rosiers
Dont aimait tant l'odeur son amoureuse mère,
La « Vénus Astarté, fille de l'onde amère; »
Là, sous l'ombre plus fraîche et sous l'azur plus bleu,
Nous pourrons voir briller plus d'un regard de feu !...
Bercé de quelque muse ou de quelqu'amour tendre,
Maint chanteur inspiré pourra nous faire entendre

Ces notes d'où jaillit le rythme cadencé,
Lorsque le cœur trop plein déborde à flot pressé !!

IV

J'ai vu fraîche Touraine, et verte Normandie,
Et Suisse ravissante, et grasse Lombardie...
J'ai vu rire Venise, et ses îlots si verts...
Et tous ces lieux bénis m'ont inspiré des vers !
Mais à tous ces Éden, à ces campagnes pleines
De parfum et de fruit... je préfère nos plaines ;
Et, lorsque las de voir, de courir et d'aller,
De fatiguer le sol, que je viens de fouler,
D'Italie ou d'Espagne, encor blanc de poussière,
Mon bâton à la main, j'ai franchi la frontière,
Toujours avec bonheur, à Béziers de retour,
Je revois ses remparts et leur quadruple tour,
Et de loin écoutant les cloches villageoises,
J'entends, ivre d'amour,... les cloches biterroises !!

Puisserguier près de Béziers,
5 mai 1865.

IV

MAGUELONE

I

Le voyez-vous là-bas, debout près de la plage,
Ce sombre monument, débris du moyen âge?...
Autour de lui jadis une fière cité
Remuait au soleil, populeuse et bruyante...
Et maintenant... plus rien... la ruine effrayante...
    Et l'effrayante immensité!...

Un jour, le glaive au poing, sur ces vieilles murailles
Rugit comme un lion ce géant des batailles,
Que du nom de Martel son siècle baptisa;

---

1 A sept kilomètres de Montpellier, sur la plage de la Méditer-
ranée.

Ange exterminateur des hordes infidèles,
Il vint ici, terrible, appesantir sur elles
    La main de fer qui les brisa !

L'église que voici, dans l'ère féodale,
Voyait de hauts barons prosternés sur la dalle ;
Au cri de *Dieu le veut,* sortis de leur castel,
Ils y venaient verser des prières, des larmes,
Afin que Dieu bénît et les vœux et les armes
    Qu'ils déposaient près de l'autel !

Quand ils avaient ainsi prié dans cette église,
Ils livraient et leur voile et leur âme à la brise :
Rachetés par la croix, par la croix réunis,
On les voyait, foulant la plage occidentale,
Sourire, à leur départ de la terre natale,
    Au Dieu qui les avait bénis !

Et comme ils étaient beaux sur les champs de bataille,
Quand ils allaient, frappant et d'estoc et de taille,
Ensanglant le sol qu'ils devaient conquérir,
Et faisant retentir au milieu du carnage
Ces mots qui retrempaient leur force et leur courage :
    « Au nom du Christ, vaincre ou mourir ! »

Au retour, quand la proue avait touché la terre,
Ils suspendaient ici turban et cimeterre,
Et d'une voix sonore, ils entonnaient en chœur,
L'hymne du *Te Deum* au Seigneur des armées
Qui les reconduisait aux tourelles aimées,
 Avec la palme du vainqueur !

Dans Maguelone alors, la vieille guerroyeuse,
Ce n'étaient que tournois, et que danse joyeuse,
Que ménestrels chantant les exploits des guerriers,
Que dames étalant leurs robes les plus belles,
Que paladins faisant, quand ils passaient près d'elles,
 Voler leurs fougueux destriers !

L'air était embaumé d'un parfum de l'Asie...
A ces pompes la mer mêlait sa poésie...
Le Midi leur prêtait son splendide soleil,
Et la cité des preux, fière de ses conquêtes,
Tressaillait, radieuse, au milieu de ces fêtes,
 Comme Ève, à son premier réveil !

II

Mais que sont devenus ces âges qu'on oublie,
Que la muse caresse avec mélancolie,

Qui, lorsqu'elle les fait revivre dans des vers,
En parfument l'accent d'un indicible arome,
Et dans ces doux lointains nous apparaissent, — comme
    Une oasis dans les déserts?...

Toi-même, avec tes preux, tes fiefs, et la couronne,
Qu'es-tu donc devenue, ô vieille Maguelone!...
Il ne reste de toi que ce noir monument
Qui, rongé par les ans, souillé par la poussière,
De jour en jour s'affaisse, et croule, pierre à pierre,
    Avec un sourd gémissement!...

Oh! qu'elle est triste à voir, ton église!... que d'ombre
Dans sa nef!... comme tout flotte, lugubre et sombre,
A ces murs que le jour vient à peine éclairer!
Comme ce vieil aspect de solitude austère
Raconte éloquemment le néant de la terre,
    Et comme ce deuil fait pleurer!

Perdu dans le silence, et seul dans les ténèbres,
On murmure tout bas ces poëmes funèbres,
Qu'aux jours où, terrassé par un injuste sort,
Abandonnant son âme au plus sombre délire,
Arrachait, par lambeaux, à son cœur, à sa lyre,
    Job, — ce poëte de la mort!...

Mais dans le cœur surtout la tristesse se lève,
Quand on entend la mer que l'orage soulève
Et que l'église tremble, à la voix du géant
Qui fera résonner la voûte solitaire,
Jusqu'à ce que son Dieu lui dise de se taire
    Et de rentrer dans le néant!!

V

LE CHATEAU DE LASTOURS [1]

VU PENDANT L'ORAGE

I

Donjon mystérieux, antique citadelle,
De la Gaule et de Rome ossuaire fidèle,
Qui relèves, au bord de l'abîme béant,
Ta tête colossale, au front triple et géant,
Et qui sembles, debout sur la montagne sombre,
Le spectre du passé qui se lève dans l'ombre :
O manoir formidable ! ô château de Lastours !
Je les salue enfin, tes trois superbes tours !

[1] A trois lieues de Carcassonne (Aude), dans la Montagne-Noire.

Je les salue au bruit du vent qui tourbillonne,
De la foudre qui gronde, et du flot qui bouillonne,
Des torrents et des rocs pêle-mêle entraînés,
De la terre qui tremble, et des cieux déchaînés!!

Dis-moi, ruine en deuil, puisque, dans sa colère,
La tempête se rue à ton flanc séculaire,
Que son souffle sonore ébranle tes piliers,
Et sème autour de toi les éclairs par milliers,
Combien de pins altiers et de chênes superbes,
Qui, le front dans la nue et les pieds dans les herbes,
Étalaient au soleil leurs rameaux déployés,
Tombèrent à tes pieds, tordus et foudroyés?...

Dis, combien de fois l'aigle et le grand vautour fauve
Ont rasé de leur vol ta tête large et chauve,
Depuis que, dans la nue, à travers l'arc-en-ciel,
Ton buste de Titan s'allonge vers le ciel,
Que pendent les glaçons à ta barbe chenue,
Et que le brouillard pleut sur ton épaule nue?...

Dis, est-ce bien ici, dans ces rudes chemins,
Qu'imprimèrent leurs pas les bataillons romains?...
Ici, que de César le nom et la bannière
Firent toute une armée en ses mains prisonnière?...

12.

Dis, est-ce bien là-bas qu'Alaric, l'homme errant,
Le fantôme de feu, passa comme un torrent?...
Est-il vrai qu'à ce roc qui sur le gouffre penche,
Il recula d'effroi, sur sa cavale blanche.
Et que, pris de vertige, il fit de longs détours
Avant que de planter son drapeau sur ces tours?...

O rêveur! front pensif! l'écho de la montagne
T'apporte-t-il le bruit du pas de Charlemagne,
Ou du cor de Roland, amoureux et jaloux,
La lointaine chanson, au refrain triste et doux?...

O splendeur éclipsée!... Alors, pour ta parure,
Francs, Romains et Gaulois, te donnaient une armure...
Glaives, dards et cimiers brillaient à tes créneaux...
Le pont à triple herse ouvrait les arsenaux...
Et, debout sur le roc, ô sentinelle altière !
Tu tenais dans ta main la clef de la frontière !

II

Ainsi, près du géant, par la foudre éveillé,
La muse bien longtemps me tint émerveillé !!

Au sortir de mon rêve, et de ce long orage,
Un radieux soleil me frappait au visage ;...

La brise murmurait dans le feuillage frais ;...
Le soir de son arome emplissait les forêts ;...
Les ruisseaux clairs, bordés de marguerites blanches,
Faisaient un bruit plus doux, en courant sous les branches...
La cloche, aux tintements prolongés et confus,
Pleurait avec amour, en sonnant l'*Angelus* ;...
Les oiseaux babillaient sur le bord des prairies ;...
Le jour allait à l'ombre, et l'âme aux rêveries ;...
Et les bois, de silence et de calme baignés,
D'une fraîcheur suave étaient tout imprégnés ! ! !

Longtemps je regardai, pensif comme un poëte,
Sur l'immobile roc, la ruine muette,
Et je crus voir vers moi les trois tours se penchant,
Toutes trois me sourire aux reflets du couchant ! !

Mais bientôt, descendant des hauteurs qu'elle incline,
La nuit vint, pas à pas, de colline en colline,
Et planant en silence au front du vieux manoir,
Elle l'enveloppa de son grand manteau noir !...

Et j'entendis alors une voix vague et douce,
Comme ces flots des bois murmurant sous la mousse,
Et cette voix disait : « Poëte, sois béni !
« L'oubli me vieillissait... mais tu m'as rajeuni ! »

Et je vis un fantôme, à la démarche lente,
Qui traînait un linceul sur la pierre croulante...
Son pas sonore et lourd ébranla les plafonds;
Et puis, il disparut sous les arceaux profonds!...

Et je n'ouïs plus rien, dans la nature entière,
Que le sanglot du vent dans la touffe de lierre;...
Que le cri guttural des oiseaux de la nuit,
Dans ses obscurités jetant un peu de bruit...
Et je ne vis plus rien sur la montagne sombre,
Qu'une ombre au triple front, qui s'enfonça dans l'ombre!...

VI

VILLENEUVETTE [1]

I

L'aube naissante, sous son voile,
Dérobe la dernière étoile...
Elle a frappé sur le portail ;
Toi qui franchis cette avenue
Passant, arrête, et tête nue,
Lis ces mots : *Honneur au travail !* [2]

Entends le tambour qui résonne...
Et la cinquième heure qui sonne

[1] A trois lieues de Lodève (Hérault).
[2] Cette inscription est gravée sur le frontispice de la porte princi-
pale de Villeneuvette, au bout de la grande avenue.

Pour le travailleur au repos.
Nous sommes, ce bruit te l'explique,
Sur le seuil d'une république
Dont ces trois mots sont les drapeaux !

Le jour luit au travers des branches...
L'air est plus frais... les maisons blanches
Ouvrent leur porte avec amour...
La foule en sort... son flot murmure...
C'est un géant, sous son armure,
Qui se réveille au point du jour !

Hospitalière est la demeure :
Entrons avec la première heure
Et le premier flot de soleil :
Aussi bien, dès l'aube venue,
Ouverte et large est l'avenue
Que seul referme le sommeil !

Dans l'atelier aux voix stridentes,
Aux rumeurs sourdes et grondantes,
A la roue, au bruit éternels,
Vois aller et venir sans cesse
Cette famille qui se presse
En mille groupes fraternels !...

La vapeur siffle... l'onde écume...
Dans l'eau qui bout la toison fume...

La navette glisse en courant...
Le flot, le jour, l'œuvre, tout marche :
Les voici tous, debout dans l'arche,
Pareur, apprêteur, tisserand !

Visage noir, blouse flottante,
Bras nus, poitrine haletante,
Comme ils sont beaux, dans leurs efforts !
Pour le soldat et la patrie
Se meut l'essaim de l'industrie
Dans cette ruche d'hommes forts !...

L'eau, l'air, le feu, toute manœuvre,
Tout élément concourt à l'œuvre :
Naguère au seuil, lambeau fumant,
De main en main le fil s'épure,
Prend corps, couleur, forme, parure,
Et se déroule, vêtement !

« Gloire au travail ! » Cette devise
Unit ici ceux que divise
Fortune, rang, partout ailleurs ;
Et le prodige qu'elle opère,
C'est que le maître n'est qu'un père
Au premier rang des travailleurs !!

Dirai-je sa vie ?... elle est pleine
Comme des siècles — mon haleine
Est trop courte pour ses travaux.
Il y faudrait une épopée !
Car le labeur, comme l'épée,
A son poëme, et ses héros !...

Que de fois l'aube qui s'éveille
Le vit tout pâle de sa veille,
Et sans repos, le lendemain,
Porter la lampe vigilante
Sur toute besogne trop lente
De la machine ou de la main !...

« Gloire au travail ! » Astre qui mène
Les Mages de la race humaine
Vers les splendeurs de l'avenir !!...
Il est le blason par essence
Et la seule grande puissance
Qu'après Dieu l'on doive bénir !!. ..

II

Mais le soleil, aux grandes salles,
projette des lueurs plus pâles ;

Travail et jour vont expirer,...
Avant de franchir cette porte,
Entrons au parc, à l'heure morte
Où l'Angelus va soupirer !

Voici des jardins où la rose
Fleurit sous l'onde qui l'arrose,
Où le jet d'eau mélodieux,
En secouant sa blanche écume
Sur toute fleur qui le parfume,
Éclate en prismes radieux !

Plus loin, les ifs, aux troncs superbes,
Sur les prés et les grandes herbes
Étendent leurs rameaux puissants ;
Et, que le jour croisse ou décline,
Mille senteurs sur la colline
Portent l'ivresse dans les sens !

C'est dans l'air un parfum qui vole,
Le cygne à la démarche molle
Sur le lac calme et vaporeux,...
L'ombre et le jour qui s'entrelacent :
Bonheurs qui jamais ne se lassent
De faire ici-bas des heureux !

Salut, Saint-Cloud, terrasse aimée,
Solitude tout embaumée,
Oasis aux frais escaliers !...
Enfant gâté de la nature,
Oh ! que de fleurs à ta ceinture,
Que de fruits à tes espaliers !

Gloire au travail ! jadis le pâtre
Contre un roc désert et noirâtre
Faisait sonner ses pas maudits...
Sur la montagne nue et triste
Le travail et Dieu qui l'assiste
Ont fait germer le paradis !

La nuit naissante, sous son voile
Fait briller la première étoile...
La lune frappe le portail...
En franchissant cette avenue,
Arrêtons-nous, et, tête nue,
Ècrions-nous : « Gloire au travail !! »

Villeneuvette, 22 septembre 1857.

ENCORE VILLENEUVETTE

Villeneuvette, — doux abri,
Que je chantais, aux jours de joie,
Fasse Dieu que, bientôt guéri,
Un jour ou deux, je te revoie !

Ta pensée abrége l'hiver,
L'hiver si long de ma souffrance !
Et tu m'apparais, toujours vert,
Toujours frais comme l'espérance !

Je vois, au travers de mes pleurs,
Des nids d'oiseaux sous la ramure,

Des gerbes de fruits et de fleurs...
C'est ton parfum, — c'est ton murmure !

O cher abri, — site divin,
J'ai ton image au fond de l'âme,
Qui m'enivre comme le vin,
Qui me chauffe comme la flamme !

Séjour de paix et de bonheur,
Et de travail, que Dieu protége,
Ton souvenir luit dans mon cœur,
Comme le soleil sur la neige !...

La neige !... hélas ! enseveli,
Moi, si riche d'espoir, la veille,
Sous l'avalanche de l'oubli, —
Je me souviens... et je m'éveille !!

Je m'éveille, avec le printemps,
Avec tout ce qui rit et chante,
Avec la vie, avec le temps,
Et la nature, — qui m'enchante !

Je m'éveille, — tout radieux,
L'âme attendrie et tout émue ;
Je ne sais quoi, venu des cieux,
Dans mon cœur palpite et remue !

Je m'éveille, avec le soleil
Qui perce enfin le noir nuage ;
Et la mort, au sombre appareil,
Ne me guette plus, au passage !

Et la douleur qui m'escortait,
Dans cette vallée où l'on pleure,
Fuit, — et me laisse le regret
D'avoir voulu devancer l'heure !

Je m'achemine, d'un pas lent,
Au bras de ma douce Antigone,
Qui me conduit, tout chancelant,
Vers l'avenir que Dieu me donne !

Elle me guidera vers toi,
Vers toi, mon doux Villeneuvette !...
Je vois déjà rire ton toit...
J'entends le bruit de la navette...

Je renais, ô Dieu ! je renais !...
Mon Dieu ! je te bénis et t'aime !
Quel rêve, hélas ! qu'il fut mauvais !
Et que je fus mauvais moi-même !

Mauvais, de ne point espérer,
De douter, et de ne plus croire,

De tarir, ou bien d'altérer
Ce courant, où l'homme veut boire!

Source d'amour, source de foi,
Ah! coule encor, coule en mes veines!
Sans toi, mon Dieu! mon Dieu! sans toi,
Que toutes les choses sont vaines!

Aux blessés tu donnes, Seigneur,
Pour baume divin, — l'espérance
Ressuscitant par le bonheur,
L'homme tué par la souffrance!

Je m'éveille d'un sommeil lourd,
Le front meurtri, — la face blème;
Qu'il a duré!... mais qu'il fut court,
Si je revois tous ceux que j'aime!!

Villeneuvette, — doux abri
Que je chantais, aux jours de joie,
Fasse Dieu que, bientôt guéri,
Un jour ou deux, je te revoie!!

Puisserguier, 10 juin 1865.

VIII

LA VERNÈDE [1]

Ver erat æternum.
OVIDE.

O toit hospitalier et trois fois paternel,
Séjour favorisé d'un printemps éternel,
O *Vernède* jolie ! ô fortunés rivages !
O rochers ! ô vallon ! abris frais et sauvages !
Sentiers que j'animais de mes pas, de ma voix !
Parfums de la montagne et délices des bois !
Ruisseaux dont la cadence invite aux rêveries !
Ponts tremblants suspendus sur le bord des prairies !

---

[1] A deux lieues de Carcassonne (Aude), à l'entrée de la Montagne-Noire.

Oasis souriant à mes yeux étonnés !
Gazons dont chaque brin murmure : « revenez !... »
Vieux chênes qui, bravant la foudre meurtrière,
De vos têtes de rois touchez la nue altière !
Torrents impétueux dont les flots écumants
Semblent, sous le soleil, rouler des diamants !
Brises qui balancez la fleur douce et timide,
Épanouie auprès de la cascade humide !

Flots mêlant vos chansons et vos rires malins
Au bourdon de l'usine, au tic-tac des moulins !
Ombre fraîche où l'on trouve, en une paix profonde,
Le souvenir du ciel dans un oubli du monde !
Demi-jour ! demi-bruit ! mystère vaporeux
Dont le cœur a besoin pour se sentir heureux !
Calme d'où vient la force ! amour d'où naît la joie !
Bouquets de poésie, effeuillés sur ma voie !
Solitude suave, et qui fais aimer Dieu !
Silence plein de charme ! il faut vous dire adieu !!

Il faut vous dire adieu, muses chastes et belles !
Colombes de ce nid qu'ont parfumé vos ailes !...
Que j'aimais à vous voir toutes deux l'embrassant,
Lui faire de vos bras un rempart caressant,
L'envelopper d'amour, cette mère adorée
Dont l'amour vous donna l'existence dorée,

Enlacer dans vos mains ses mains et ses genoux,
Enivrer son regard de vos regards si doux,
Et, pour cet être aimé pareillement aimantes,
Lui faire un oreiller, de vos têtes charmantes !...

Ah ! quand sonnera l'heure et que viendra le jour
Où l'amour filial s'accroît d'un autre amour,
Fasse Dieu, protecteur de la vierge modeste,
Que l'époux ait au front l'auréole céleste,
Qu'idéal accompli de droiture et d'honneur,
Vos trésors d'innocence, il les paie en bonheur,
Qu'il écarte de vous la douleur, la souffrance,
Et vous donne des jours, beaux comme une espérance

Ames pleines d'amour ! fronts bénis ! cœurs chantants !
Tendres lis, parfumés de brise et de printemps,
Si j'ai le cœur joyeux, et si, longtemps muette,
Ma lyre aux doux accords réveille son poëte,
Si, comme l'hirondelle, au retour des beaux jours,
Il retrouve le nid des premières amours, .
Si la corde lyrique, en ses mains détendue,
Charme ceux dont jadis elle fut entendue,
Si la muse répond à son souffle, à sa voix,
A vous seules est dû ce bonheur d'autrefois !

13.

Que chacune de vous soit bénie et fêtée,
Et qu'elle soit encor pleurée et regrettée !...

Oui, je pleure, à ton seuil, délicieux jardin,
Comme pleurait l'aïeul, aux portes de l'Éden,
Et j'emporte, aux replis d'une âme languissante,
Et l'image et le deuil d'une patrie absente !!...

O Vernède ! mon cœur te reste tout entier !
Je le laisse à la feuille, à l'ombre du sentier,
A la verte pelouse, à la fraîche ramure,
A chaque haie en fleur, à chaque doux murmure,
A ce toit, de mon rêve idéal radieux,
A l'Orbiel, la rivière au nom mélodieux,
Au creux de tes rochers, au sein de tes prairies,
A tout cet univers, plein de mes rêveries !...
A vous il reste encor, hôtesses d'un séjour
Où la vie est un songe et le bonheur un jour !!

Qu'un autre, dans l'accès d'une mélancolie,
Redemande le souffle au ciel de l'Italie,
Et traînant des ennuis que rien ne peut guérir,
S'écrie, en expirant : « Voir Naples et mourir ! »

Moi qui, sous votre toit, vrai toit de patriarche,
Ai trouvé le repos, ce but de toute marche,

Je n'irai point chercher, ailleurs qu'auprès de vous
Ni des amis plus sûrs, ni des soleils plus doux,
Et, fidèle au bonheur dont cet Éden m'enivre,
Je dis, en le quittant : « Voir la Vernède, et vivre !! »

A la Vernède, près de Conques (Aude),
Montagne-Noire.

IX

SAINT-PIERRE DU MAS [1]

I

Au creux d'une double colline
Où murmure le ruisseau clair,
Où croissent l'œillet, l'églantine,
Et tout ce qui parfume l'air;

Au fond d'un vallon solitaire
Débordant de fleurs et de fruits,
Qu'on dirait au bout de la terre;
Tant le pas y fait peu de bruit;

[1] A quatre lieues de Carcassonne, dans la Montagne-Noire.

Tout souriant d'ombre, de grâce,
D'eau miroitante et de vergers,
Pour chemin ayant une trace
De laboureurs et de bergers;

Avec huit ou dix maisons blanches
Ouvertes au soleil levant,
Et cachant leur toit sous les branches
Que l'oiseau plie avec le vent;

Au cœur de la montagne Noire
C'est là mon abri préféré,
Où je voudrais vivre sans gloire;
Où je voudrais être enterré;

Enterré dans ton cimetière
Plus frais, plus fleuri qu'un jardin,
Doux hameau, doux val de Saint-Pierre,
Dont saint Pierre a fait un Éden !

II

Auprès d'un vieux cloître en ruine,
Tout festonné de liseron,
De pampre vert dans l'aubépine,
Que respire le vigneron ;

Où rossignol et rouge-gorge,
Se saluant à leur réveil,
Avec la chanson de la forge
Alternent leur hymne au soleil ;

Là, — le cimetière s'abrite,
Comme l'ami près de l'ami,
Et dans ce doux et dernier gîte
Nul n'a pleuré, nul n'a gémi !

Sur les tombes rien qui rappelle
Le deuil, l'infortune et les pleurs,
Et l'absence au cœur si cruelle : —
Partout des fleurs, rien que des fleurs !

Elles naissent là, d'elles-mêmes,
S'enroulant autour de la croix,

Aimant le tombeau qui les aime
Et leur dit : « j'espère et je crois !... »

Tel est l'asile solitaire
Où je voudrais clore les yeux,
Avec ces mots : « Mort pour la terre,
« Mais toujours vivant pour les cieux !! »

X

DES MARTIS [1] A LAMPY [2]

(MONTAGNE NOIRE)

I

La cloche vient de retentir...
C'est le jour! La forge s'allume;
Le marteau réveille l'enclume;
C'est le signal! il faut partir!

[1] La forge des Martis, propriété de M. Labat, avocat, membre du conseil général de l'Aude, est à six lieues environ de Carcassonne et à trois lieues de Vilhardonnel, où M. Mahul, ancien député de l'Aude, ancien préfet de la Haute-Garonne, a une résidence toute seigneuriale.

[2] Les bassins de Lampy, formant un vaste réservoir qui sert à alimenter le canal de jonction des deux mers, sont à douze lieues de Carcassonne.

La *Loubatière* [1] nous fait signe
Que nous pouvons escalader ;
En route ! que chacun s'aligne
Et ne s'attarde à regarder !

Admirons, sans faire de halte...
On pourra s'asseoir au retour !
Comme le chevalier de Malte,
Nous avons à faire un grand tour !

A midi, sur la tendre herbette,
Nous dînerons las... et joyeux,
La feuille fraîche sur la tête,
Un chaud soleil devant les yeux !

En avant donc ! en marche ! en marche !
Abeilles, muses, au butin !
Ainsi que David devant l'arche,
Sautons, au réveil du matin ! !

II

La queue en l'air, mon Ralph aboie...
Tout son corps trémousse à ravir !

---

[1] Forêt appartenant à l'État.

Il frémit, il bondit de joie...
Et ne demande qu'à gravir!

Ce pauvre Ralph! quelle tristesse,
Lorsque je tisonne en rêvant!
Mais quels cris et quelle liesse
Lorsque j'ai mis flamberge au vent!

Toujours, où me pousse la muse,
Il est le premier, aux assauts;
Sa gaîté me charme et m'amuse...
Quelles gambades et quels sauts!

Il aime l'air et la lumière,
Et vie errante lui plaît fort!
Né pour l'école buissonnière,
A la maison toujours il dort!

Cher ami! quand il m'accompagne,
Nul — sur l'honneur — n'est son pareil;
Il faut qu'il batte la campagne!
Il faut qu'il boive du soleil!

Courir, pour lui c'est un délice,
Qu'il savoure dans un bonheur!

A ce *preux* il faut une lice!...
Ce pauvre chien, il a du cœur !

III

Nous gravissons donc côte à côte ;
Son pas toujours attend mon pas ;
La voie est escarpée et haute ;
Mais plus il va, moins il est las ! !

IV

Quels paysages et quels sites
Se déroulent, jolis et frais !
Dans la forêt quels sont ces gîtes,
Et ces grands feux flambant auprès ?...

C'est, dans la clairière prochaine,
La cabane du charbonnier...
Le merle, sifflant sur le chêne,
Répond au pinson prisonnier !

Le sentier s'enfonce dans l'ombre,
Et la couleuvre, aux halliers verts...

Quand vient la nuit, comme elle sombre,
Le loup rôdeur passe au travers...

Au repas du *garde* il s'invite,
Lorsqu'il est par trop affamé...
Mais le goulu détale vite
Devant un tison enflammé !

V

Nous avons franchi *Loubatière*...
Salut à toi, charmant Alzau [1],
Qui souris comme la lumière,
Et gazouilles comme l'oiseau !

Voici, dans une double haie,
La *rigole* aux joyeux abords ;
Sur son passage tout s'égaie ;...
Tout rit et fleurit sur ses bords !

Vers Lampy la belle amoureuse
Accourt, leste et vive, et chantant,

[1] Maison du garde de la rigole de Lampy, assise dans le plus délicieux site qui se puisse voir.

Comme une fiancée, — heureuse
D'aller vers l'époux qui l'attend !

Tout lui fait accueil : la charmille,
Le pré, le champ, le moissonneur ;
Chacun d'eux est de sa famille
Et de moitié dans son bonheur !

C'est quelque fée éprise d'elle,
Qui semble aplanir son chemin,
Et prodiguer à cette belle
Grâce et fraîcheur, à pleine main !

En haut, le ciel est tout en fête,
En bas, la terre est tout en fleur...
O peintre ! brise ta palette...
Tu profanerais la couleur !

Marchons !... d'aise on sent le cœur battre !...
Vit-on jamais rien de pareil ?...
Quel théâtre que ce théâtre,
Qui pour décor a le soleil !...

Voici les blanches Pyrénées,
Près de leur monarque hautain [1],

___

[1] Le Canigou.

Comme des perles égrainées
Reluisant aux feux du matin !...

Toute chose dans la nature
Revêt un charme virginal :
L'ombrage frais, la source pure,
L'azur doré, l'air matinal !

Saissac [1], que la brise caresse,
Sommeille au milieu des vallons...
Et Diane, la chasseresse,
Le réveille et lui crie : « Allons !... »

Sur la montagne et dans la plaine,
Tout vit et croît avec le jour !
De parfums la poitrine est pleine,
L'œil de clarté, l'âme, d'amour ! !

VI

Mais Ralph pousse un hourrah de joie...
Voici Lampy, tout près de nous...

[1] Petite ville de 3,000 âmes, la *capitale de la Montagne-Noire*.

La rigole est à bout de voie...
L'épouse a rejoint son époux!...

Pour nous aussi fin de tournée...
Assez battus sont les buissons...
Assez remplie est la journée...
Halte! et du repos jouissons!...

Aussi bien ma jambe était lourde...
La tienne, ô Ralph, va t-elle mieux?..
Tète la source... et moi, la gourde;
Et puis, nous dormirons, mon vieux!...

Entends... L'eau partout fait tapage...
Le flot est un gai chansonnier
Dont la chanson vaut une page
De Virgile ou d'André Chénier...

Comme toi, Ralph, il court, gambade,
Caressé d'ombre et de zéphir...
A chaque bassin la cascade
Brille au soleil, comme un saphir!...

VII

Allons ! du champagne ! qu'il mousse
Et se répande à pleins goulots !...
Mêlons sa mousse à cette mousse,
Et son flot pur à tous ces flots !!

XI

ITALIE ET SUISSE

VENISE

Salut à Venise la belle,
A la reine du souvenir !
Amoureux, poëte, vers elle,
De bien loin j'ai voulu venir !

Mon cœur à la ville jolie
Qui, le front sous les pampres verts,
Prend ses grelots à la folie,
Pour mettre en fuite les hivers !

14

A toi, salut, pays des fêtes,
Où ne logent point les ennuis;
Terre où fleurissent les poëtes,
Les beaux jours, les suaves nuits!

J'entends la douce barcarolle
Qui me berce en songe et m'endort...
Je vois aux mâts la banderolle
Sous les rayons d'un soleil d'or!

Voici, trempés d'algue marine,
Tout frissonnants d'air matinal,
Des palais à la fière mine,
Qui se mirent au *grand canal!*

Plus loin, des cloîtres pittoresques
Où Tintoret, à son réveil,
Jetait des couleurs et des fresques
A faire pâlir le soleil!

Partout des flèches, des églises;
Saint-Marc sourit près du flot bleu;
La Piazzetta, qu'aiment les brises
Reflète un ciel couleur de feu!

C'est toi, place aux pigeons fidèles;
Voletant joyeux dans l'azur,

Remplissant l'air d'un doux bruit d'ailes !...
C'est toi, mer, au parfum si pur?

Salut à vous, palais des Doges,
Pont des Soupirs et Rialto !
Je vous vois, campanille et loges,
Et toi, chambre de Pellico !

Salut, poétiques lagunes,
Au doux sillage qui reluit,
Où bruns enfants et filles brunes
Voient trembler l'étoile à minuit !

A minuit, à l'heure qu'on aime,
Où la blanche lune d'été
Est reine sous son diadème,
Sous son diadème argenté !

Quel est là-bas ce doux rivage,
Sous des horizons radieux?
C'est toi, Lido, charmante plage,
Ile où j'ai bu le vin des dieux [1] !

[1] Le chypre que M. Ernest Legouvé, de l'Académie française,
proclame souverain pontife des vins.

Oasis qui fais rêver l'âme,
Le gondolier, au point du jour,
A la cadence de la rame,
Dit Tasse, le chypre et l'amour !

Et l'amour, le chypre et le Tasse
Dans son œil mettent un éclair !
Et la muse, qui suit sa trace,
Chante, avec lui, sous le flot clair !

Il n'est pas jusqu'au moine austère,
Venu du fond de l'Orient,
Qui ne te prête un charme, ô terre,
Sœur de Téthys, à l'œil riant !

Au poëte dont la gondole
Vogue légère vers son seuil,
Qu'il ait ou non une auréole,
L'Arménien fait bon accueil !

Il fait jaillir d'une bouteille,
Pour fêter l'hôte de son toit,
Un nectar à couleur vermeille
Qui fume au palais qui le boit,

Et dans un banquet délectable,
Offre au pèlerin voyageur

L'hospitalité de la table
Et l'hospitalité du cœur !

Pour tout échange, il ne réclame,
Le bon moine, au regard si doux,
Que quelques mots partis de l'âme,
Sur un registre ouvert à tous !

Comme ce Lido, plein de charmes,
On sent qu'on l'aime, dès le voir ;
On s'en sépare avec des larmes !
A tous deux on dit : Au revoir !

Au revoir, Venise la belle !
Ton souvenir point ne perdrai !
Je te vins, joyeux et fidèle !
Fidèle et joyeux reviendrai !!

14.

XII

LE CIEL BLEU

Le ciel bleu, c'est la lumière
L'âme est la beauté du jour;
C'est·la joie et la prière,
C'est la vie, et c'est l'amour !

Le ciel bleu, c'est le sourire
Du paradis enchanté,
C'est l'air pur que l'on respire,
Quand les anges ont chanté !

Le ciel bleu dans les charmilles
Met les nids mélodieux,
Dans le cœur des jeunes filles
Les soupirs mystérieux !

Le ciel bleu donne aux étoiles,
L'harmonie et la beauté,
La fraîcheur aux nuits sans voiles,
Et les songes à l'été !

Le ciel bleu donne à la mousse
Les fleurs et les papillons,
Au doux lac la vague douce,
Et les gerbes aux sillons !

Le ciel bleu donne au bois sombre
L'air et les rayons dorés,
Les baisers du soir à l'ombre,
Et la marguerite aux prés !

Le ciel bleu qui se colore
Fait briller l'or des moissons,
Et fait des pleurs de l'aurore,
Des perles pour les buissons !

Le ciel bleu, c'est la lumière ;
L'âme et la beauté du jour ;
C'est la joie et la lumière,
C'est la vie, et c'est l'amour ! !

Écrit à Venise...

XIII

LUGANO

A JULES MAISTRE

Nous traversons ensemble
Un pays enchanté ;
L'étoile du soir tremble
Sur le lac argenté...

D'astres le ciel se pave,
Qui gravitent sans bruit...
D'une brise suave
Se parfume la nuit...

La lune, fraîche et pure,
Reluit comme de l'or,

Et la vague murmure
Comme l'enfant qui dort...

D'amour elle soupire...
Son sein est agité...
Chaque flot qui respire,
Frémit de volupté...

Chaque rayon qui dore
Et le lac et les cieux,
Dans le cœur fait éclore
Un rêve gracieux !

La nuit et l'âme aimante
Se parlent à la fois
Comme à l'amant, l'amante,
Et la voix à la voix !

Bercée aux flots est l'âme
Qui sommeille à demi,
Comme l'est sous la rame
Le beau lac endormi !

O beau lac qui m'enchante,
Réveillé par mes sons,

De qui t'aime et te chante,
Écoute les chansons!

O lac qui mets l'ivresse
Dans le cœur palpitant,
Je connais la tristesse,
Hélas! en te quittant!

Ma pauvre âme se brise!...
Je laisse, avec des pleurs,
Tes flots si pleins de brise,
Tes bords si pleins de fleurs!!

XIV

DE LA TETE-NOIRE A CHAMONIX

A M. GUIARD

Avocat à la Cour impériale de Paris

I

« Tête-noire!! » a crié le guide.
« Notre hôte, un de ces vins jaunis
« Qui font que le pas est rapide,
« Et qu'on arrive à Chamonix!

Et, prestes, nous gagnons la table,
Creusés par l'air appétissant;

— L'hôtellerie est confortable :
Je la recommande au passant. —

Donc, lorsque du jus de la treille
Assez a débordé le broc,
Au sac on met une bouteille,
Et l'on reprend son Alpenstoock!

Vrai Dieu! quel flambant paysage!...
Mon œil en est tout ébloui...
Quels sont ce bruit et ce tapage
Dont le cœur est tout réjoui?...

C'est le torrent qu'aiment l'abîme,
Et *Barme-rousse* et *Mauvais-pas*;
Il passe, avec un cri sublime,
Avec un horrible fracas !

L'*Eau-noire*, ici ; là, *Valorsine* ;
Derrière moi, qui vais toujours,
Fume l'altière *Barberine*,
Bondit la *Cascade des jours!*

Voici la gorge âpre et sauvage,
Et les monts, à dos d'éléphant,

15

Que le flot sillonne et ravage,
Et les *Montets*, et *Tréléfan!*

C'est enfin lui [1], — lui dont on rêve,
Que l'œil cherche, et nomme la voix;
Au-dessus de tous, il élève
Son front superbe, — et je le vois!!

Je le vois, le géant de glace,
Avec sa chaîne pour prison,
Tenant une si large place]
Qu'il semble fermer l'horizon !

Flots bouillonnants, et forêt sombre ;
Cascades, torrents argentés :
Tout s'allume, et flambe dans l'ombre,
A ses fulgurantes clartés!

On dirait d'un vaste incendie!...
La forêt vierge est tout en feu!...
Le mélèze, à tête hardie,
Seul, reste noir, sous le ciel bleu!

Jour pur, neige qui se condense,
Brillent d'un éclat sans pareil,

[1] Le Mont-Blanc.

Et font, ainsi qu'un phare immense,
Partout rayonner le soleil ! !

Là-bas, le clocher d'Argentière,
Vers l'azur, au reflet changeant,
Le front chatoyant de lumière,
Élance une flèche d'argent !

Çà et là, quelque humble chaumine,
Et quelque pâtre familier,
Offrent au passant qui chemine,
Visage et seuil hospitalier !...

Le lait qu'on presse, au pis des chèvres,
Que l'eau n'a jamais altéré,
Passe, de l'écuelle, aux lèvres
Du voyageur, — désaltéré !

Argentière, le blanc village,
Brille toujours,... son clocher blanc
Miroite, comme un blanc mirage,
Aux blanches clartés du Mont-Blanc ! !

II

Cependant, au gras pâturage,
La vache paît, dans le sillon,
Tandis qu'écumante de rage,
Fond l'avalanche en tourbillon !

Pendant que le gouffre se creuse
Profond, de ravin en ravin,
La nature, toujours heureuse,
Conserve son calme divin !

L'Arveiron, en bouillonnant, roule
Aux pieds moussus du Montanvert ;
La mer de glace, en haut, déroule
Ses flots bleus et son jardin vert !

Belle sous sa robe neigeuse
Que le soleil fait onduler,
On dirait la mer orageuse
Et qui vient de se congeler !

III

Mais taisons-nous : aux avalanches
Se mêle un bruit retentissant... .
Le sapin agite ses branches,...
Et Chamonix est frémissant!...

C'est le bruit qu'aimait Bonaparte...
Pour qui le bronze a-t-il tonné?...
Pour un Anglais qui pose carte
Au front du Mont-Blanc étonné!!

XV

DE COME A LUCERNE

PAR LE SAINT-GOTHARD
ET LE LAC DES QUATRE CANTONS

I

J'ai vu Côme — et son lac où siége
Le doux printemps, — Bellinzona,
Airolo que, neuf mois, la neige,
Comme un vieux loup, emprisonna!

Vers la montagne qui fut veuve,
Neuf mois, elle aussi, d'un soleil,
Que sillonne un quadruple fleuve,
Le jour me pousse, à mon réveil!

La tête à la portière mettre,
Ma foi, ne me paraît pas sain ;
Ici baissent et thermomètre
Et capuchon de capucin !

Et quel chemin !... De rampe en rampe,
De longs zigzags en longs zigzags,
Au travers du brouillard qui rampe,
Passent glaciers, vallons et lacs !

Mainte avalanche au précipice,
Ici plus d'un en entraîna...
Aussi quel bonheur, quand l'hospice
Surgit près de la Dogana !

Assez malpropre est notre hôtesse...
Mais notre hôte est fort obligeant ;
Quant au voyageur en détresse,
A-t-il le droit d'être exigeant ?

On écorche un peu notre bourse...
Mais la faim ne marchande pas... —
Lucerne aura plus de ressource
Et quelque moins maigre repas !

O Saint-Gothard !... ta vue est belle !...
Mais le touriste a bien raison

De désirer, après l'échelle,
Un peu de douce inclinaison !

Contraste charme le voyage !
Si l'Ahasvérus gravissant,
Manque de gaîté, de courage,
Qu'il est joyeux, quand il descend !

II

Hospenthal ! — j'aime ta colline,
Ton église et la vieille tour,
Près de ton hospice en ruine...
L'œil les caresse tour à tour !

Derrière tes remparts de chêne,
Andermatt cherche des abris !...
Le monstre que l'hiver déchaîne [1]
De toi ne fera qu'un débris !

Diademberg, sur toi la trombe
Toujours tourbillonne et s'abat...
Elle a creusé plus d'une tombe,
Aux lieux où ton flot fait sabbat !

[1] L'avalanche.

Celui qui vers toi s'aventure,
Paîra cher sa témérité !
Il pourra dormir sur la dure
Au lit du torrent irrité !

Salut, ô Krachental qu'ébranle
La Reuss ! le monstre aussi t'attend :
Pour mettre chez toi tout en branle,
Il fit un pacte avec Satan !

Halte, muletier, et sois sage !
Du foin aux sonnettes ! crois-moi,
Ne l'éveille point, au passage : —
Bientôt c'en serait fait de toi [1] !

[1] « ... On passe ensuite la Reuss, sur le pont de Hœderly, et l'on
« entre alors dans la gorge sauvage des *Schellinem* ou *Schalenem*,
« au fond de laquelle la Reuss se précipite avec un tel fracas, au
« travers des rochers, qu'on a surnommé cette partie de la vallée
« *Krachental* (vallée bruyante). Cette gorge est, pendant l'hiver et
« le printemps, exposée aux ravages des avalanches. Quand ils la
« traversent à ces époques de l'année, les muletiers remplissent de
« foin les sonnettes de leurs animaux, et défendent aux gens de
« leur caravane de prononcer un seul mot. Le moindre ébranlement
« de l'air pourrait avertir le terrible ennemi qui les guette ; il n'at-
« tend qu'un signal pour les écraser. Dans tous les endroits où il a
« fait quelques victimes, de petites croix placées sur les bords de la
« route, en conservent le triste souvenir. » (*Itinéraire descriptif et*
historique de la Suisse, par Adolphe Joanne. — Paris, L. Maison,
éditeur des *Guides-Richard*, 1853.)

15.

O Gœschneralp, prodigue fille,
Qui livre au fer, — ce vil métal, —
Son sein mystérieux où brille
Le plus magnifique cristal!

Pfaffensprung [1], l'enfer te tourmente,
Depuis qu'un moine vagabond,
Ayant au dos fille charmante,
Traversa la Reuss dans un bond!

Silinen, — ton église sombre
Pleure ton château qui n'est plus...
Mais des fleurs et des fruits sans nombre
Font rire tes toits vermoulus!

III

Salut, Banwald, forêt sacrée
Qui protéges, en l'abritant,
Altorf dont l'aspect me récrée,
Et rend mon cœur si palpitant!

Quel est donc cet air qui me charme?...
« D'Altorf les chemins sont ouverts... »

[1] Pont sur la Reuss, appelé le *Saut du moine.*

Le poële, avec une larme,
Te foule, ô terre des revers !

O muse ! ici revit l'image,
Le nom d'un héros immortel !
Porte tes pas et ton hommage
Au berceau de Guillaume Tell !

O Guillaume ! ta flèche sûre,
Sous l'œil de Gessler frémissant,
Siffla, sans faire une blessure
Au front de ton fils innocent !

Tu visas la cible divine,
D'un œil calme et d'un front serein,
Archer à robuste poitrine
Que cuirassait un triple airain !

O grand, magnanime Guillaume !
Sparte t'eût dressé des autels !
Toi, ton arbalète et ta pomme,
Tous trois, vous êtes immortels !

Ah ! c'est avec bonheur qu'on presse
Ton sol, — noble canton d'Uri,

A qui prodigue sa caresse
La liberté qui l'a nourri !

Mais j'entends Fiora [1] qui m'appelle,
Avec son batelier, son bac...
Je salue, en passant, la belle,
Et je m'élance sur le lac !

Devant Tellen-Sprung je m'arrête...
Encor le sauvage Gesller...
Encor le roi de l'arbalète...
L'homme de sang, l'homme de fer !

Comme un tigre léchant sa proie,
Il tenait Guillaume enchaîné...
Mais tout à coup la barque ploie,
Craquant sous le vent déchaîné...

« Conduis, dit-il, cette nacelle... »
Guillaume rame vers le roc ;
Il la repousse ; elle chancelle
Sous ce rude et terrible choc !

[1] En allemand *Flülen ;* en italien *Fiora.*

Gesller éclate avec l'orage....
Il rugit... — car, au chemin creux,
Guillaume vient narguer sa rage,
Et fait signe qu'il est heureux !

Sur ce roc, gardant son empreinte,
Et frémissant au nom de Tell,
S'élève une chapelle, — sainte
Autant que l'homme est immortel !

IV

Cependant la ligne bleuàtre
Des Alpes, et du bon Jura,
Élève au loin son front d'albàtre,
Dans cet Éther qui l'épura !

De blanches villas, aux rivages
Chatoyants de mille couleurs,
S'étalent sous des pics sauvages,
Dans la chàtaigneraie en fleurs !

Partout le rayon luit dans l'ombre...
La merveille éclate partout...

Le Pilate, à la cime sombre,
Dans ce cadre d'or est debout !

Le géant nuageux se mire
Au lac, avec ses beaux vergers,
Et ses pâturages, — qu'admire
La caravane des bergers !

Couvert de fleurs — son sourcil fronce...
« S'il se couvre de son chapeau,
« C'est bon signe, — sa moue annonce
« Que demain il refera beau ! »

Plus loin, le Rigi se projète
Aux flots, avec tous ses gradins,
Couverts de forêts à la tête,
Aux pieds, de champs et de jardins !

Ici, des ruisseaux où la truite
Bondit et frétille, au soleil... —
Là, la figue qui mûrit vite
Et d'où sort un nectar vermeil !...

Partout l'abondance et la vie,
Le frais hameau, le doux châlet,

L'Alpe dont la vue est ravie, —
Et les cures de petit lait !

Enfin, — le lac n'a plus de vague,
La chaudière, plus de vapeur...
Comme au travers d'un songe vague,
Lucerne rit au voyageur !

La première étoile étincelle...
Quel rêve a passé sur mes yeux !
Mon Dieu ! si la terre est si belle,
Oh ! que sera-ce donc des cieux !!!

XVI

DE BERNE A GRINDELWALD

Je me suis levé dès l'aurore,...
Un Alpenstoock est dans ma main,...
Le jour là-bas est près d'éclore,...
Comme lui, je fais mon chemin !

Des monts je veux faire le siége,
Sonder leurs abimes béants,
Escalader ces toits de neige,
Et voir de près tous ces géants!

L'air qui souffle n'est pas de flamme ;
Mais le froid plaît au pèlerin :

Il lui met la gaîté dans l'âme,
Au ventre, la soif et la faim !

Or, c'est un charme, on peut m'en croire,
Pour l'homme en train de cheminer,
De sentir la soif, et de boire,
D'avoir la faim, et de dîner !

Donc, pour précaution première,
Avant de hasarder mon pas
Vers ces pays de la lumière
Où le sapin ne flambe pas,

Dans mon sac à double courroie
J'avais casé tout ce qu'il faut
Pour que la chaleur et la joie
En route ne fissent défaut !

Un juif, brocanteur interlope,
Un belge, bavard et distrait,
Un anglais, froid et misanthrope,
Un français, leste et guilleret :

Tels étaient, quand je quittai Berne,
Pour entreprendre mon grand tour,

Les voyageurs qu'une lanterne
Venait de réveiller au jour!

Entre nous union parfaite :
Le ciel était d'un bleu profond...
La nature semblait en fête...
La Wengernhalp brillait au fond!

Interlach, ce nid du nomade,
Paradis de tout juif errant,
Que recherche l'Anglais malade,
Bruissait avec le torrent!

Lauterbrunnen vers qui s'échappe
Staubach, la cascade du Val,
Était notre première étape,
Et la dernière, Grindelwald !

Chacun de nous allait, ingambe,...
Je ne sais quel parfum des monts
Emplissait l'air, poussait la jambe,
Dilatait d'aise les poumons!

Mes compagnons, d'un pas alerte,
Gravissaient ces dos de chameau,

Cueillant la fleur dans l'herbe verte,
S'arrêtant à chaque hameau !

Écoutant la source répandre
Ses mystères, à petit bruit,
La clochette que fait entendre
L'agneau qu'un autre agneau poursuit !

Le ruisseau chantait sous la mousse,
Le ranz des vaches dans les bois
Mettait une fraîcheur plus douce,
Et se plaignait comme une voix !

La fraise, le lait qui repose,
La framboise, exquise de goût,
Nous attendaient, à chaque pause,
Et l'oasis était partout !

Enfin, la Jüngfraü virginale,
Le Wetterhorn, là-bas,... là-bas...
Tout frais de brise matinale,
S'abaissèrent devant nos pas !

Halte ici ! ce seuil nous réclame !
Byron, savourant le repos,

Longtemps y fit rêver son âme,
Au doux bêlement des troupeaux !

Près de l'avalanche en furie
Qui roule dans un tourbillon,
Sa pensée et sa rêverie
Creusèrent aussi leur sillon !

En écoutant la voix sauvage,
Qui sort de ces gouffres sans fond,
Ces cris d'aigle, ces bruits d'orage
Et ce bruit de neige qui fond,

Manfred, ce chant sombre et sublime,
Ce cri d'un poëte, au réveil,
Fut jeté, les pieds sur l'abîme,
Et le front touchant au soleil !

Mais plus haut, plus loin nous appelle
Alpbiglen, chalet gracieux !...
Au nouveau seuil, halte nouvelle !
Et deux ou trois coups de vin vieux !

O Grindelwald, vallon de glace,
De te voir m'était bien besoin :

Car vraiment ma jambe était lasse,
Et refusait d'aller plus loin !

Toit hospitalier, fais-nous fête !
Feu qui flambe ! car nous glaçons...
Car de ces monts, au neigeux faîte,
Tombe la nuit aux froids glaçons !

Du feu, pour Milord qui grelotte
Encore plus que dans London !
A lui rosbeef saignant, mon hôte !
A meinher, ton meilleur jambon !

A Monsieur rien... ou bagatelles...
Un bon Juif n'a ni faim ni froid !
A Monsieur... un chou de Bruxelles !
Et... deux bons matelas à moi !!

XVII

ÉPILOGUE DES EXCURSIONS, ASCENSIONS, ETC.

A MON ALPENSTOOCK

O toi qui, dédaignant la plaine,
Et pour les bas lieux trop altier,
Aux lieux hors d'aspect et d'haleine,
N'aimes que le rude sentier;

Toi qui, toujours prêt à me suivre,
Quand j'ai dit : « Allons, » obéis;
Qui, pour m'aider à faire un livre,
M'accompagnas, par tout pays;

Qui, de moitié dans le voyage,
Me guidas, à chaque saison,

De paysage en paysage,
Et d'horizon en horizon ;

Appuyé sur toi, le poëte
Que tu n'abandonnas jamais,
A porté haut son pas, sa tête,
Et salué bien des sommets !

A ton front, il grava leur gloire,
En lettres douces à son œil :
C'est la palme, après la victoire,
Qu'il montre à tous, avec orgueil !

Montanvers, Mont-Blanc et Mont-Rose,
Et Rigi tant de fois chanté,
Si cher aux Suisses, — et qu'arrose
De ses lacs le plus enchanté :

Saint-Gothard, d'où l'ardent touriste,
Disant à l'Italie adieu,
Lui jette un regard long et triste,
En la recommandant à Dieu :

Vers toutes ces hauteurs sublimes,
Tu me portais, au point du jour !...

A mon foyer, loin de leurs cîmes,
Je te reporte avec amour !

Camarade, notre œuvre est faite !
J'ai chanté montagne et vallons !...
Repose-toi près du poëte,
Jusqu'à ce qu'il redise : « Allons ! »

LIVRE TROISIÈME

CARACTÈRES

PORTRAITS

ÉTUDES ET FANTAISIES

16

LONDON

A M. EDWARD GEOGHEGAN

Rédacteur du *Messager du Midi.*

Goddam !...

Tracastes, o leopard pelo liao
E terminastes a orra, pelo cameliao.

A. HERCULANO, poëte espagnol.
(*Poesias diversas.*)

Il est temps qu'au refrain, à l'écho politique,
Succède enfin l'écho, le refrain poétique,
Qu'aux chansons les discours laissent un libre champ !

Janin du *Messager*, vaillant cœur, tête haute,
Fils de la noble Érin, que la France a pour hôte,
　　A vous est dédié ce chant!

5 mai 1865.

　　　　　　　　I

　　　　　　　　　　　　Sans soleil!

Du givre! du grésil! la pluie et la bruine!
Les nuages au front, et la crotte à l'échine!
Pauvres mourant de faim, riches mourant d'ennui!
Dans cette Babel morne, où jamais ne vient luire
Du soleil un rayon, du printemps un sourire,
Tout, le ciel et la terre, est couleur de la nuit!

Dans le mur qui suinte et le brouillard qui flotte,
Dans le vent qui gémit, dans le flot qui clapote,
Au miasme empestant tout... jusques à la mer,
Dans le ruisseau qui pue, ou le fourneau qui fume,
Partout l'odeur du gaz, du charbon, du bitume,
　　Partout l'atmosphère sans air!

Sous ce ciel meurtrier, sur ce sol homicide,
A force de bâiller, l'homme se suicide,
Ou bien il s'étiole et périt lentement !
Quatre millions d'humains, entassés dans la mine,
Râlent sous la douleur, ou bien sous la vermine
Qui dévore le corps plus que le vêtement !

Misère et spleen font là leur incessant ravage ;
Les fronts y sont plissés de tristesse sauvage ;
C'est un *Dies iræ* que leur sombre chanson.
Automate impassible, au visage postiche,
L'Anglais, c'est le Chinois immobile au potiche,
          Ou le canard de Vaucanson !

Si noir est l'horizon, et si noire la ville,
Qu'on voit les habitants émigrer à la file,
Et se disséminer au travers des vivants,
Comme ces bataillons ailés, aux cris sauvages
Qui, par-delà nos mers, vont à de chauds rivages,
Où pousse la verdure et se taisent les vents !

De l'une à l'autre rive allant, venant sans cesse,
Ils portent sur tout bord, au gré de leur tristesse,
Ce flegme glacial que la froide Albion,
Sous le manteau de plomb de son pesant malaise,

16.

Emprunte à cet hiver éternel qui lui pèse
Comme une malédiction!

Sans repos, dévorés par leur inquiétude,
Et du matin au soir bâillant leur lassitude,
Du pôle à l'équateur, du couchant au levant,
Ils promènent, au vol d'une humeur vagabonde,
Leurs soucis dispersés aux quatre coins du monde,
Comme l'épave aux mers, ou le nuage au vent!

II

Sans vin!

Le vin, ce flot de feu, cette larme de flamme,
Qui donne la vigueur au corps, la joie à l'âme,
La chanson à la lèvre ouverte à ses douceurs,
Coule en France à pleins bords; et sur tout bord : le Rhône,
La Charente, le Rhin, la Loire, la Garonne,
La Saône et la Seine, leurs sœurs!

A ce cep frais et vert, orgueil de la culture,
Le ciel donne un parfum dans une nourriture;
Cette plante bénie, à notre aimable sol,

Avec la pêche en fleur, l'odorante framboise,
Fleurit, pour parfumer notre gaîté gauloise,
Et nous faire chanter avec le rossignol !

Son jus si franc, qui rend véridique et charmante
La bouche qui le prend à la coupe fumante,
Et n'est autre, on le croit, que ce divin nectar
Qu'à l'Olympe ennuyé, malade, pour remède
Versait la jeune Hébé, le riant Ganymède,
      Se refuse à leur sol bâtard !

Bacchus déshérita cette inféconde terre,
Ce glaçon sans dégel qu'on appelle Angleterre,
Que ne fendra jamais Neptune, au lourd trident :
Aussi porter, faro, gin, houblon et genièvre,
Seront toujours le vin dont mouillera sa lèvre
Londre, — autre Pétersbourg du brûlant Occident !

III

           Sans gaîté !

Voyez cet homme, au seuil du cabaret qu'il hante,
Le regard hébété, la jambe chancelante,

L'estomac regorgeant la bière et le homard ;
A cette lourdeur double il a pris lourde ivresse,
Avec un grognement stupide pour caresse,
   Et pour rêve... le cauchemar !

Sans doute, avant ce soir, l'ours Héliogabale,
Sous son crâne de plomb incrustera la balle ;
Masse indigeste à qui manquent le souffle et l'air,
A ses vapeurs il faut la vapeur de l'Averne,
Au bourru qu'assombrit ciel gris, noire taverne,
La bourre qui flamba sous l'index de Werther !

IV

Sans patrie !

Ainsi, terre sans vin, firmament sans étoile,
Londres voit ses enfants fuir l'ombre qui la voile,
Les uns par le trépas, les autres par l'exil ;
Ceux-là, si la fortune assez les favorise,
Cherchent, aux jours plus chauds, à la première brise,
   Le vin d'août, le soleil d'avril !

C'est aujourd'hui la France, et demain l'Italie ;
Nice, à la mer de feu, Florence la jolie ;

C'est Côme! Lugano! Chamonix! Interlach!
Ce sont ces bords fleuris que le Léman arrose,
Venise et son Lido, le Mont-Blanc, le Mont-Rose;
Partout Ahasvérus porte bâton et sac!

V

Sans générosité!

Serrant dans son gousset son or ou sa bank-note,
Il est dur à la carte et rebelle à la note,
Et rien tant il ne craint comme d'être plumé;
Comme il le fut jadis en mainte et mainte auberge,
Il veut qu'à petits frais chaque Véry l'héberge;
Depuis qu'il fait cher vivre, il est moins affamé!

VI

A bas les masques!

A vous, hommes-comptoirs, à toi, cité-boutique,
Qui n'avez rien de noble et rien de sympathique;
Et ne faites fumer votre encens qu'au veau d'or,
Qui n'avez sur le cœur, sous la mamelle gauche,
Qu'une bourse battant au contact d'une poche
        Que souille et rouille ce trésor,

A vous donc la satire et la caricature,
Charlatans de progrès, chevaliers d'imposture,
Homme — peuple — sournois, déloyal et vénal !
Sur vous de Némésis que pleuvent les sévices !
Que bernent vos travers et flagellent vos vices,
Crayon de Gavarni, plume de Juvénal !

Goddam ! ce te sera justice, je le jure,
O Carthage moderne, ô reine du parjure,
Dont le Bellérophon trahit notre héros !
Ce n'est pas là ton seul faux serment, race inique !
Ton pavillon partout abritant foi punique,
      Pour soldats n'a que des bourreaux !

Sans cesse on te surprend, les deux mains dans la fraude,
Brassant la trahison : — comme un maraudeur rôde
Autour du bien d'autrui, lorsque plane la nuit,
Ainsi tu vas dans l'ombre, ô vampire-lamproie,
Faisant du fort ta force, et du faible ta proie,
Prêchant tout ce qui sert, faisant tout ce qui nuit !

Afin de te connaître, Albion, je regarde
A tes mâts ton drapeau, sur ton chef ta cocarde ;
Ma pensée et mes yeux cherchent, à l'unisson ;
Comme tout signifie ici-bas quelque chose,

Et qu'il n'est rien qui n'ait son secret et sa cause,
    Je veux lire à ton écusson !

Les armes sont d'un preux la parlante figure ;
A nous l'oiseau royal, à la vaste envergure !
A la fière Helvétie et l'arbalète et l'arc !
Pour sublime effigie, à Venise la belle
Est un lion ailé qui couvre de son aile
Le glaive redouté du valeureux Saint-Marc !

On connaît l'homme aux traits, le pays à l'emblème !
Jadis, le drapeau blanc, sur ma France qu'on aime,
Flottait, fleur de lis d'or brillant à son côté !
Henri, ce chevalier à l'écusson sans tache,
Portait cette couleur à son vaillant panache,
    Comme emblème de loyauté !

Mais toi, sur les guidons et sur ton oriflamme
Tu n'as rien qui raconte une noblesse à l'âme,
Qui mette orgueil au front, fierté dans le regard !
A tes propres instincts empruntant un symbole,
Tu fais de ta bassesse à ton front auréole :
Ton type est ce chat-tigre appelé léopard ! !

Puisserguier près de Béziers, 4 mai 1865.

II

BRUNE ET BLONDE

L'une a de ces regards qui donnent le vertige;
Un sourire charmant à sa lèvre voltige,
Comme un frais papillon sur les rosiers fleuris.
Dans tous ses mouvements la grâce l'accompagne!
Elle a tous les attraits des filles de l'Espagne :
Leur œil noir, leur peau brune, et leur chaud coloris!

L'autre est blonde : — sa joue à la mélancolie
Emprunte la pâleur dont elle est embellie;
Elle tient de la terre et du ciel à la fois.
Quelque chose de doux dans son œil bleu rayonne;
C'est un de ces fronts purs comme l'art en crayonne,
Quand l'idéal revêt des formes sous ses doigts!

A l'une, il faut du bruit, des plaisirs, de la foule,
La valse qui bondit, ou le landau qui roule,
Des robes d'amazone à froisser dans la main,
Au bras, une compagne amoureuse et folâtre,
Une chaise au sermon, une loge au théâtre,
Et des admirateurs, à flots, sur son chemin !

A l'autre, le silence, et l'ombre et le mystère,
Le sentier vert et frais, le bosquet solitaire,
Les couchers du soleil, la grotte au bord de l'eau,
Et les doux clairs de lune au fond de la vallée,
Et les cieux bleus si beaux, sous leur robe étoilée,
Et la vieille chapelle, au versant du côteau !

L'une, lorsqu'au travers de la foule elle passe,
Après elle répand des rayons dans l'espace ;
On a, quand on la voit, de soudains battements,
Brune enfant du Midi, lorsqu'elle vous aborde,
Le fluide amoureux de son œil noir déborde,
Et sa voix vous remplit d'ardents tressaillements !

L'autre, quand elle va par la cité, — craintive,
Ne lève qu'en tremblant sa paupière furtive,
Et rougit, si quelque œil sur elle est arrêté ;
A la voir, le front ceint d'une aurore inconnue,
Pour la Vierge Marie on prendrait l'ingénue,
Tant elle a de candeur et de simplicité !

17

Faudra-t-il maintenant, lecteur, que je vous dise
Quelle est celle surtout dont mon âme est éprise?...
Vous l'avez deviné : c'est l'enfant à l'œil bleu,
Celle-là qui, timide, au monde se dérobe,
Qui rougit de pudeur, lorsqu'on frôle sa robe,
Et dont l'âme candide est le miroir de Dieu!

J'aime mieux celle-là, parce que je devine
Que dans son cœur se cache une bonté divine,
Parce que ses yeux purs, comme l'azur du ciel,
Font rêver des amours qui n'ont rien de la terre ;
Celle-là j'aime mieux, parce que je préfère
Aux toiles de Rubens celles de Raphaël!!

LE PARLOIR [1] CHAMPÊTRE

I

Près de la rustique retraite
Où l'ennemi qui me maltraite
M'enferma pendant sept hivers,
Où, pour égayer et distraire
Mon toit morose et solitaire,
J'ai rimé plus d'un méchant vers,

[1] Mes compatriotes à idées ingénieuses et esprit inventif, ont créé ce mot qui ne se trouve, pris en ce sens, ni dans l'Académie ni dans Bescherelle, pour désigner l'endroit où les oiseux et les oisifs se réunissent pour parler. C'est d'habitude, l'hiver, la forge ;

Il est une pauvre boutique
Où maint discoureur politique
Faisant cercle, s'assied en rond,
Vers l'enclume, au bruit monotone,
Qui, du matin au soir, résonne
Sous le marteau du forgeron.

Lorsque la vigne n'est plus verte,
Cette boutique étant ouverte
Aux messages du Mont-Ventoux [1],
Malgré la flamme de la forge,
Du clubiste bavard la gorge
S'éraille à la quinte de toux.

Mais, en avril, quand la feuillée,
La verdure enfin réveillée,
Redonnent l'ombre et les parfums,
Le *club* désertant cette porte,
Au platane voisin transporte
Et sa tribune et ses tribuns.

Le *parloir*, portatif, nomade,
Qu'avoisinent la promenade,

l'été, l'esplanade villageoise qui prête territoire à ces parlottes com-
mençant dès l'après-midi et se prolongeant jusqu'au soir.

[1] La montagne du vent, près d'Avignon.

Les boulevards de Puisserguier,
— Chœur où tout chanoine a sa stalle —
En plein air, en plein vent, s'installe,
Avec le bourgeon, au figuier !

Plus gaie alors est la parlotte...
On ne tousse plus... on toussote,
Sous la brise du frais printemps :
A pleins poumons, chacun respire,
Et l'air que la poitrine aspire
Devient remède et passe-temps.

Quand dans la plaine, à la garrigue,
On a sué sous la fatigue,
Le doux farniente est plus doux...
Alors, gros bonnet, forte tête,
Esprit fort qui crie et s'entête,
Ici se donnent rendez-vous !

Sous le platane où font tapage
Tous les moineaux du voisinage,
S'abat un moineau plus bavard
Que ceux dont a dressé la liste
Le célèbre naturaliste
Qu'à la France donna Montbard.

Agora, l'orum, ces deux scènes
Où Rome et son émule Athènes,
Péroraient, du matin au soir,
Parloir de couvent, de collége,
En parlages que rien n'abrége,
N'ont point égalé ce parloir.

II

C'est le jeudi : donc, point d'école!
Pédagogus a la parole
Et tant pérore en magister
Que Figaro, qu'endort son style,
Du joyeux *Barbier de Séville*
Dix fois, fredonne le grand air !

III

Salut à Monsieur fort en thème,
Le fabricateur de système,
Le bachelier, pondu d'hier,
L'orateur, au menton imberbe,
Le ministre d'état en herbe,
Et qui va détrôner *Rouher !*

Ce jouvenceau dont rien n'égale
La témérité, — que régale
La feuille de Monsieur Havin
Où son *entre-filet* s'imprime ;
Qui proclame Delord... sublime,
Et La Bédollière... divin,

Développe, dans ses critiques,
Tous ces vieux thèmes politiques
Ajustés au goût du moment,
Chansons, refrains et ritournelles,
Que des passions éternelles,
Fredonnent éternellement.

C'est la presse affranchie et libre,
C'est sur le Texas, c'est au Tibre,
Le retrait de nos divers corps,
L'enseignement obligatoire,
Et puis, la dette frustratoire
Narguant la contrainte par corps.

IV

Près de ce jeune et plaisant drôle,
Lequel joue, au parloir, le rôle

Du perroquet et de l'écho,
Le vieux curé, hochant la tête,
Prêche le sermon de retraite
De Coquille ou de Janicot !

V

Ainsi, chacun a sa marotte,
Dans sa cervelle, rat qui trotte,
Et qui font qu'on lui rit au nez :
Lubie, opinion, système,
Que le journal qu'on lit, qu'on aime,
Sert tout chauds à ses abonnés !

VI

Pour moi qui, dans ce *steeple-chase*,
Taciturne et froid sur ma chaise,,
Ris des joueurs, juge des coups,
Libre du joug et de l'entrave
Qu'imposent au lecteur esclave
Ces journalistes casse-cou,

Par goût, à la dispute impropre,
Ne froissant aucun amour-propre,
Ne flattant nulle illusion,
D'une parole caressante,
Je ramène raison absente
Par douce persuasion !

IV

MAGISTER

Je garde encor de sa férule
L'empreinte cruelle à mes doigts...
Il me semble encor qu'elle brûle...
Et j'y porte la main parfois!...

Tout noir de petite vérole,
Comme une écumoire troué,
Sa laideur le crispe, — et son rôle
C'est d'être à la haine voué!

Quand l'écolier conjugue articles,
Pronoms et verbes tour à tour,
Il tremble en voyant ses bésicles,
Et son nez en bec de vautour!

Malheur, quand le pauvret ânonne
Et ne récite qu'à moitié!
Son nerf de bœuf vous le bâtonne,
Et vous l'assomme, — sans pitié!

Puis, avec des oreilles d'âne,
Emblème qu'aime son couroux, —
Malgré ses pleurs, il le condamne
A rester une heure, à genoux!

L'étiolant sous le régime
Du pain sec et du mot à mot,
Il ne rendra qu'un cacochyme
A la famille du marmot!

Quand vient l'heure où la faim s'apaise,
C'est alors qu'il est triomphant!...
Alors, il ne se sent pas d'aise,
De voir pâlir le maigre enfant!

Pauvre chétive créature !
Pauvre innocent ! pauvre martyr !
Des coups... et point de nourriture !...
Ah ! comment ne point t'abrutir !

Émue aux paroles plaignantes,
Que de fois la mère ou la sœur,
Au dos vit, en lettres saignantes,
Les emblèmes de sa douceur !

Sans voix pour bêler sa prière,
L'agneau tendre est paralysé :
Tant Pédagogus — Robespierre
Sous son nerf l'a terrorisé !

Ah ! grand docteur ès-catéchisme,
Et qui pour toi n'en gardes rien,
Plus barbare qu'un barbarisme,
Sais-tu qui sera ce vaurien ?...

Ce bambin que sangle et fustige
Ta corde à nœuds, — peut-être, un jour,
Étonnera, comme un prodige,
Le monde pour lui plein d'amour !

Par le glaive ou par la parole,
Imposant aux hommes son nom,
Au front, il aura l'auréole
D'Homère ou de Napoléon !

Porté par le flot populaire,
Ce nom te remplira d'orgueil ;
Tu regretteras ta colère,
Et tes coups et ton dur accueil,

Mais trop tard, Gengis-Kan sauvage
De la grammaire et des pensums,
Pour qu'il te fasse bon visage,
Au souvenir de tes leçons !

Dieu frappe la main meurtrière...
Sois un père, et non un bourreau ;
Songe à ce qu'il a dit à Pierre
Et rentre ton nerf au fourreau !

Parole d'une lèvre douce
Du cœur sait trouver le chemin ;
Œil doux attire, œil sec repousse...
Ouvre ton cœur ! ferme ta main !

Que plus ne se fassent entendre
Cris, à ton seuil rébarbatif!
Sois aimable, sois bon, sois tendre :
Voilà le meilleur adjectif!!

Puisserguier, 9 avril 1865.

V

PIERROT

Il est, sous la vieille tourelle,
Un recoin où, lorsqu'il a faim,
Mons pierrot, à la dent cruelle,
Vient becqueter un peu de pain.

Vers la servante qui l'émiette,
L'aile voletante, il s'abat,
Puis, auprès de dame Pierrette,
Sur une tuile, il fait sabbat!

Quand grain de mil ou brin de paille
Dans la basse-cour se répand,

Il faut ouïr comme il piaille :
C'est à vous, briser le tympan !

Ce meurt de faim que l'air affame,
Ce maraudeur, au bec pointu,
Le croirait-on?... il bat sa femme
Pour un rien... oui, pour un fétu !

Socialiste insociable,
Partageux ne partageant rien,
Il est accapareur en diable...
Le bien des autres... c'est son bien !

C'est un corsaire, à l'abordage...
Il ne connaît que fraude et dol !
Pour lui fut écrit cet adage :
« La propriété, c'est le vol ! »

Rusé Mandrin, madré Cartouche,
Au trou du mur, au bord du toit,
Il emporte tout ce qu'il touche,
Il s'annexe tout ce qu'il voit !

Partout il prend, partout il vole,
Sans peur qu'on lui torde le cou ;

Jamais plus joyeux il ne vole,
Que s'il a fait un mauvais coup !

Du malin enfant la ficelle
Joue à sa patte méchant tour !
La jeune colombe harcèle
Pour ses méfaits le vieux vautour !

Au surplus, de ce grand vorace,
Pierrot est le bâtard chétif ;
Il est dégénéré de race,
Du vautour un diminutif !

Remuant, sautillant sans cesse,
Comme salpêtre et vif-argent,
Du jour qui point au jour qui baisse,
Il va, ravageant... saccageant !

Moissonneur, jardinier se lasse
Et fait longue halte, aux longs jours...
Lui ne pouvant rester en place,
Jardine et moissonne toujours !

Aussi quand serpette et faucille
Font double ouvrage et double bruit,

Plus que la grêle et la chenille,
Bourgeon ou graine il a détruit !

Adieu l'abricot et la pêche,
La cerise à vive couleur ;
Son bec, à la trace encor fraîche,
Du fruit a pris toute la fleur !

Et plus de blé que l'on enferme,
Au sac qui fait plier le rein ;
Le grain étant veuf de son germe,
Le grenier est veuf de son grain !

En vain aux arbres du parterre,
Pour faire peur à ce félon,
En vain aux sillons de la terre,
Pendront vieil habit, vieux galon !

Expert aux ruses qu'on invente,
Pour lui, le piége est sans péril,
L'épouvantail sans épouvante,
Et le fantôme... puéril !

Comme ce Hun que rien n'arrête,
Cet Attila, roi du dégât,

Partout le passereau — tempête,
La trombe vivante s'abat!

Aussi quand il meurt des attaques
De la fronde qui le ploya,
On dirait le beau jour de Pâques,
Tant l'air est plein d'alléluia!

Le *gas*, fier comme Curiace
Ayant terrassé son rival,
De cette chair si coriace
Fait pourtant joyeux carnaval!

Mais l'enfant, lui, met dans la terre,
Que creuse *ad hoc* le pic fourchu,
Ce parasite du parterre,
Ce vieux vampire, au bec crochu!

Qu'elle lui soit légère, en somme!
Qu'il y dorme d'un bon sommeil!
Et que jamais dormeur ni somme
N'aient sous la tourelle un réveil!

VI

UN DON JUAN

Le voyez-vous passer, plein d'ennuis et de crimes?
Il calcule, en secret, le nombre des victimes
Que son or corrupteur dans le vice a fait choir!
Son regard, alourdi par la débauche infâme,
Cherche, de tous côtés, dans la foule, — une femme,
A qui, pour cette nuit, il jette le mouchoir!

Malheureuse cent fois la pauvre jeune fille
Errante, sur ses pas, sans pain et sans famille,
Et que le besoin livre à son baiser brutal!

Hélas! abandonnée aussitôt que séduite,
En proie à la misère, — elle sera réduite
A mourir, à vingt ans, sur un lit d'hôpital!

Oh! que de corps, flétris par ses caresses viles,
Sont tombés de ses bras sur le pavé des villes!...
Que d'honneur, ô mon Dieu! par son or acheté!...
Que de femmes, que chasse une femme nouvelle,
Sortent de son hôtel, moderne tour de Nesle,
Le cœur sans innocence, et le front sans beauté!

Son père, âme loyale et noblement trempée,
Aurait sur son dos vil brisé sa vieille épée;
Mais il est mort en brave, en face du canon :
Sa mère à ses genoux en vain se traîne et pleure.
Il ajoute toujours, hâtant sa dernière heure,
La douleur à son âme, et l'opprobre à son nom!

Il a tout épuisé, tout, — et son âme avide
Cherche en vain à combler cet effroyable vide
Que le libertinage a creusé dans son cœur;
Et devant lui, toujours, le regard fixe et sombre,
Un fantôme hideux, la nuit, est là, dans l'ombre,
Qui le regarde, — et part d'un long rire moqueur!

Et toujours, immobile au chevet de sa couche,
Il sera là, riant de son rire farouche,
Mêlant d'affreux regards à d'affreux entretiens,...
Jusqu'à ce qu'écrasé sous le poids de la vie,
Don Juan s'arme, à la fin, d'un poignard, et lui crie :
« Démon du suicide, à moi ! je t'appartiens ! »

VII

LE COQ

De l'aube vermeille
Dont il est l'amour,
Le coq qui l'éveille
Presse le retour!

Cette sentinelle
Ne peut fermer l'œil;
Toujours elle appelle
La lumière au seuil!

Elle hait ciel sombre
Et noire vapeur...
Tout coq maudit l'ombre ;
La nuit lui fait peur !

Vers l'aube si belle
Vont ses chants, ses vœux ;
Du cœur et de l'aile
Il bat, à ses feux !

Leur flot qui le noie
Le rend plus hardi...
De ses cris de joie
L'air est étourdi !

L'astre, au rouge disque,
Chauffe ce sultan
Qui vers l'odalisque
Accourt tout brûlant !

Le monarque jeune
Nargue un vieux rival
Qui pâtit et jeûne
Loin du festival !

La poule coquette,
Dresse plume au vent...
Lui, dressant sa crête,
Pousse de l'avant !

Puis, chante victoire
Du haut du perron,
Où trônent sa gloire
Et son éperon!

Le poulet imberbe,
L'eunuque chapon
Fuit ce roi superbe,
Et fait le capon !

La poule environne
Son maître et seigneur,
Comme auprès d'un trône
Les dames d'honneur!

Enflant son plumage,
Et l'amour au cœur,
Elle rend hommage
A son beau vainqueur !

18

Mais lui, fier de mine,
Comme un chevalier,
De son haut domine
Poule et poulailler !!

VIII

L'ÉTÉ

I

L'aurore embrase
Cet Orient
Qu'emplit d'extase
Un ciel riant !

La trompe sonne
Dans l'air troublé...
Aux champs frissonne
L'épi de blé !

Flairant sa proie,
En lieux divers,
La meute aboie,
Aux sentiers verts !

Diane est belle,
Forçant, aux bois,
Chevreuil rebelle,
Cerf aux abois !

Aux fleurs se clouent
Maints nids d'oiseaux...
Les nymphes jouent
Dans les roseaux !

Mainte noyade,
Dans le bassin,
D'une naïade
Mouille le sein !

Pan d'un luth tire
Sons caressants...
Le gai satyre
Rit aux passants !

La moisson jaune
Boit le soleil,

Et le vieux faune,
Un jus vermeil !

Silène presse
Le raisin mûr,
Et fait caresse
A plus d'un mur !

Bacchus rassemble
Filles et gars,
Et clot ensemble
Vénus et Mars !

Cybèle est ivre
De chaque don,
Et son sein livre
A Cupidon !

II

Le printemps leurre
Qui le chérit...
C'est Jean qui pleure...
Et Jean qui rit !...

18.

L'herbe foulée
Est un appeau...
La giboulée
Trempe la peau !...

Mais août ne vole
Les dons promis,
Et tient parole
A ses amis !

Il nous envoie
De chauds soleils,
Et nous octroie
Des jours pareils !

Le printemps tousse !.. —
Vive l'été
Qui chauffe... et pousse
A la santé !!

IX

LE SOU

Que chantent ces foules chrétiennes?...
Suisse, bedeau, sont tout émus...
Plus rapides sont les antiennes...
Et plus courts sont les orémus...

L'acolyte trépigne d'aise,
Et, comme aux beaux jours, est paré!...
Le curé va de chaise en chaise,
Promenant le bonnet carré...

Est-ce pour la pauvre Pologne
Que, tout en nage, il tend la main?...
Pour l'incendié de Sologne?...
Ou pour les Irlandais sans pain?...

Non, — ces malheurs, cette tristesse,
Ont eu leur offrande et leur jour...
Et c'est pour une autre détresse
Que de l'Église il fait le tour!

Donc, pour le denier de Saint-Pierre,
Il fait la quête en ce moment...
Son prône, à l'octave dernière,
La recommanda chaudement...

Pour que nul ne se montrât chiche,
Il fut à hauteur du sujet,
Et prépara budget plus riche
A ce monarque sans budget!

Ce bon curé!... quelle liesse,
Quand il voit tomber le billet,
Le blanc écu, la jaune pièce
Qui dans l'armoire se rouillait?...

Voici — Crésus en crinoline,
La compagne d'un fier lion !..∴
Avec grand salut, il s'incline,
Et tend ses deux mains au million !

Mais le beau million qu'il salue
Possède double infirmité...
Il a quelque peu la berlue,
Il est atteint de surdité !

Dans ses poches, près d'un quart d'heure,
Avec grand bruit ayant fouillé,
Elle en tire... (O curé ! quel leurre !...)
Un vieux monaco tout rouillé !

Pareil à ce flot que Racine
A mis dans un vers enchanté,
Le quêteur... qui prenait racine...
Recule... tout épouvanté !

Eh quoi ! tu n'as pas eu vergogne,
Fière déesse... du milliard !
D'offrir à la pauvre Pologne,
A Rome si pauvre... un vieux liard !

O furie aveugle et sans âme,
Harpie au triple cœur d'airain,
Regarde donc cette humble femme
Dont les bras sont le gagne-pain !

Quand la main, à donner si lente,
Semble insulter aux plus offrants,
Elle, rougissante et tremblante,
Verse... trois pièces de cinq francs !...

Pourtant, la pauvresse ! elle s'use
A gagner quinze sous par jour !
Et de ses forces elle abuse
Jusqu'à se tuer par amour !

Elle conquiert ce vil salaire
En abrégeant ses nuits d'autant !
Ton sou lui serait nécessaire...
Elle en donne trois cents pourtant !

Et toi, regorgeant de richesses,
Toi, plus riche que le Pérou,
Princesse, voilà les largesses !...
Tu prodigues au pape... un sou !

Tu n'aimes donc rien ni personne,
Comme ta froide sœur Marco?
Et tu ne ris... qu'à l'or qui sonne
Et qu'au vieux son de monaco?

Comme un fort le calcul t'assiége...
Ferme donc cœur, bourse aux revers;
Reste plus froide que la neige
Qu'amoncèlent les froids hivers!

Dévote — qui n'as pour relique,
Que sainte Rouille et saint Métal,
Tu t'oses dire catholique...
Quand ton Dieu — c'est le Dieu Baal!

Ah! quand viendra la fin dernière,
A ce sou dans ton désespoir,
Tu marmotteras ta prière...
Et tu voudras encor le voir!

A travers ces ombres étranges
Qui voilent le suprême adieu,
Tu te réclameras des anges,
Et de la Vierge, auprès de Dieu!

Mais les Anges, ô cœur de glace !
Sans pleurs te voyant trépasser,
Te le jetteront à la face...
Et tu courras le ramasser !!

X

SANS AMI

Voyez-vous cette maison sombre
Aux volets clos et vermoulus?...
Un homme y grelotte dans l'ombre, —
Seul et mystérieux reclus.

Faits l'un pour l'autre — même teinte
A leur front — hiver comme été ! —
De moisissure elle suinte ;
Il pourrit de malpropreté !

A leur aspect, l'âme s'attriste,
En présence d'un double deuil :

19

Il est morne comme un trappiste ;
Elle est froide comme un cercueil !

L'herbe pousse sur la fenêtre
Et du seuil tapisse le bord...
Nul jour, nul vivant n'y pénètre ;
Tant ils en redoutent l'abord !

Table où jamais rôti ne fume —
Aire sans flamme et sans tison..
Chaises sans paille, et lit sans plume,
Tel homme — telle la maison !

Ni broche tournant pour un hôte —
Ni verres choqués, dans un chœur,
Ni le bruit du bouchon qui saute... —
Maître et logis n'ont point de cœur !

Sans voisins, — inhospitalière,
De vie aucun signe n'en sort :
Il faut aux vivants la lumière,
Mais les ténèbres à la mort !

Au sépulcre on peut le descendre,
Avant qu'il ne soit trépassé :

Comme dans son foyer, la cendre,
Dans l'homme éteint tout est glacé !

Cent fois plus rouillé que son cuivre,
Il sera rongé par les rats,
Cet avare indigne de vivre,
Prototype des scélérats :

Non point des scélérats qu'entaille
Au cou — le couperet d'acier,
Mais des scélérats sans entraille,
Qui sont sourds, et laissent crier !

Crier de faim et de misère
L'homme sans grabat, sans repas :
Sa bourse, en l'entendant, se serre...
Mais son cœur ne se serre pas !

Voilà pourquoi cet homme blême
Cherche l'ombre, et fuit la clarté :
Le grand jour lui crie anathème...
Il va donc à l'obscurité !

Car la nuit du mal est l'amie,
Comme est l'ami du bien, le jour...

Elle aime à couvrir l'infamie...
Il aime à découvrir l'amour !

Ah ! quand viendra l'heure suprême,
Nul ne regrettera la fin,
Avare maudit ! — non, pas même
Ton chien !... car il est mort de faim !

XI

L'AMI

« Il est là-bas qui dort parmi les roses... »

I

Pourquoi ce deuil dans ce village,
Et tant de bruit à ce clocher?...
Est-ce un puissant?... serait-ce un sage...
Que le trépas vient de faucher?

Pas un citoyen qui ne pleure...
Les fronts sont bas et consternés...
Les abords de cette demeure
Comme un fort qu'on prend sont cernés!...

L'Église est triste, elle se pare
De son plus sombre vêtement...
On parle bas... on se prépare,
Pour un prochain enterrement !

A qui donc vont faire cortége,
Et cette foule et ces douleurs?...
De qui ce cercueil qu'elle assiége,
Et qu'elle arrose de ses pleurs?

Quel est ce mort? quel est cet homme
Que l'on n'aimait point à demi ?
Quel est le nom dont on le nomme?
Son nom?... on l'appelle l'*ami* [1] !

L'ami que le peuple vénère...
La providence du pays,
Le père pour l'enfant sans père,
Le fils pour le père sans fils !

---

[1] Il en avait un autre, gravé à toujours dans la mémoire et dans
le cœur de tous ceux qui l'ont connu :

Jean-François-Elisabeth DE ROUCH, de Ginestas.

Le peuple !... il aimait ce visage...
Ce regard si bon et doux...
Tous accouraient sur son passage..,
Comme pour se mettre à genoux !

La joie accueillait sa présence..
Et partout il était cité
Comme un porteur de bienfaisance,
Un messager de charité !

Voulant le voir passer encore,
Le pauvre à son seuil est assis !
Il en parle, depuis l'aurore,
Et ne tarit point en récits !

C'est à l'un une couverture...
A l'autre, du vin ou du pain...
C'est aux affamés la pâture,..
Et c'est, à tous, à pleine main !

Les yeux fermés, — la main ouverte,
Il vidait grenier et caveau, —
Toujours prompt à la découverte
De quelques mystère nouveau !

Mystère, — comme on en découvre,
Quand vers le pauvre on sait aller, —
Et que la honte qui le couvre
L'empêche, hélas! de révéler!

Maint escalier vermoulu garde
Le vestige saint de son pas :
Au seuil disjoint de la mansarde
L'empreinte ne s'efface pas!

Que de blessures palpitantes
Ferma ce bon Samaritain!...
Et que d'épaules grelottantes
Couvrit ce nouveau saint Martin!

Grand aumônier de la misère,
Vers combien son cœur l'entraîna!
Comme des perles de rosaire,
Que de bienfaits il égréna!

Vierge de mal, — de bien prodigue,
S'oubliant toujours pour autrui,
Il était comme un flot sans digue,
Qui marche toujours devant lui!

Que de fois quand, par trop extrême,
Criait ou détresse ou besoin,
Il a manqué de pain lui-même,
Pour qu'un autre n'en manquât point!

Allant du foyer à la huche,
Un jour il fut tout étonné
D'être sans farine et sans bûche... —
La veille, il avait tout donné!

Toujours le sourire au visage,
Sur ses œuvres toujours discret,
Il était joyeux comme un page,
Lorsque la faim le dévorait!

Aussi, quand la mort à la porte
De ce sage, de ce chrétien,
Eut frappé, — quel deuil! quelle escorte!
Et quel cortége fut le sien!

Quand on brisa sa tire-lire,
Son dernier sou disait adieu;
Les livres qu'il aimait à lire,
Tenaient tous sur son prie-Dieu!

19.

C'étaient les *Actes des Apôtres*,
La divine *Imitation*,
Et puis encor deux ou trois autres...
La *Conduite* et la *Passion !*

Pour le ciel lorsqu'on thésaurise,
On meurt riche bien rarement ;
Aussi — curé compris — l'église
Fit les frais de l'enterrement !

Comme à la fille que l'on aime,
Argent et dot il lui compta,
Et lorsque vint le jour suprême,
Ce fut elle qui le dota !

Il la fit grande, cette église,
Et voulait l'agrandir encor ;
Mais de cette terre promise,
Il n'a pu toucher que le bord !

II

Des apôtres ami fidèle,
Ame chaude, cœur palpitant,
Tu devins toi-même un modèle,
Un apôtre, en les imitant !

Pannetier du pauvre, ton frère,
Tu vécus, donnant ou priant !
Tendre ami, père de mon père,
Il mourut, en te souriant !

Quand l'ombre voilait sa paupière,
Un crucifix devant les yeux :
« Je n'ai qu'un regard pour prière, »
Disait-il, d'un accent pieux !

« D'un regard d'âme repentante,
« D'un coup d'œil à ce crucifix,
« Pensez-vous que Dieu se contente ?... »
Et tu répondis : « Oui, mon fils. »

Quand sonna ton heure dernière,
Tu regardas aussi la croix;
Ton front rayonna la lumière;
Tu mourus, en disant : « Je crois. »

Ainsi qu'un laboureur qui sème,
Tu semas ta vie en amour;
Quand tu n'eus plus rien, — à toi-même
Dieu vint se donner à son tour!

Repose en paix, âme brûlante,
Il était temps de t'envoler!
Ta pauvre jambe chancelante
Était lasse, à force d'aller!

Dors, mon ami, dors ton doux somme;
Nul ne t'oublie, en ce bas lieu!
Tu resteras l'ami de l'homme,
Comme tu fus l'ami de Dieu!!

XII

LE CHEVALIER DE LA TOISON D'OR

I

Dans cette auberge un peu bâtarde,
Où l'on pâtit, quand on a faim ;
Posada borgne où qui s'attarde
Trouve à peine un gîte et du pain ;

Voisin du tison qui sommeille
Dans un âtre aux trois quarts éteint,
Quel est ce voyageur qu'éveille
Le premier rayon du matin ?...

Près d'une table qui chancelle
Et du rabot aurait besoin,

Pendant qu'un postillon attelle,
Il attend sa place et son coin.

La bise emplit la cheminée
De ses tourbillons affligeants...
Dans la masure ruinée,
Tout tremble, — toit, meubles et gens !

Le voyageur bat la semelle...
Mais, nuit glacée et tourbillon,
Il affronte tout, quand l'appelle,
Rènes en main, — le postillon !

Froid et faim, veilles et fatigues,
Labeur sans trêve et sans loisir,...
C'est là sa vie ! il la prodigue
A la peine,... — c'est son plaisir !

De jour en jour, de voie en voie,
Il s'en va, blême et l'œil hagard,...
Mais son front rayonne de joie,
Malgré la fièvre du regard !

De courage ayant abondance,
Il accomplit, sans sourciller,

Ce décret de la Providence
Qui nous condamne à travailler !

II

Il a l'usine pour demeure...
Comme la roue en mouvement,
De salle en salle, et d'heure en heure,
Il ne s'arrête un seul moment !

Un jour, de ses veilles tout pâle,
Tout un mois debout, aux métiers,
Il tombe, expirant, sur la balle,
Et dort là, trois jours tout entiers !

La loi que la nature a faite,
Avait vaincu ce Juif-errant !...
Mais il le préfère, ô défaite !
A la palme du conquérant !

Ah ! ton labeur est ta couronne,
Des ouvriers, toi, le meilleur !
La balle de laine, ton trône,
O pacifique travailleur !

Avec quelques toisons informes,
Alchimiste, tu fais de l'or ;
Mais de ces trésors que tu formes,
Toi-même es le plus beau trésor !

Conquérant modeste, — ta gloire
N'éveille aucuns cris triomphants...
Mais tes travaux sont la victoire
Que moissonneront les enfants !

En vain tu te couvrais d'un voile
Et t'entourais d'obscurité...
Au travers rayonna l'étoile,
Honneur tardif et mérité !

Oui... tardif... l'homme du salaire
T'acclamait, et t'acclame encor,
Homme, — industriel populaire,
Chevalier de la toison d'or !

A ce signe qui sur toi brille,
L'œil réjoui de son aspect,
Ce fils aîné de ta famille,
L'ouvrier donne son respect !

Il te vénère plus qu'un père :
Car il te doit mieux que le jour,
Toi, dont l'intelligence opère
Pour lui des prodiges d'amour !

Ces arpents que son bras défriche,
Où poussent les gazons massifs,
Le font laborieux et riche,
Et l'ennemi des jours oisifs !

Quand l'heure du repos arrive,
Il court à son cher horizon,
A ce sol que sa main cultive
Et remue en toute saison !

Après la bobine, la bêche !
Après le travail, le loisir !
Et, dans les beaux jours, l'ombre fraîche,
Des fleurs et des fruits, à plaisir !

Ni dés, ni pipe, ni bouteille,
Entre les doigts de ce vaillant !
Quand il a soif, il a sa treille !
Il se repose, en travaillant !

Cet enclos où souvent la lune,
Pioche en main, l'a surpris, l'été,
C'est sa santé, c'est sa fortune,
De sa famille, — la gaîté !

Les fils seront comme les pères,
Aptes à tout, n'ignorant rien...
Nul revers dans leurs jours prospères...
Tout croîtra, — leur vie et leur bien !

Ils ont aussi le pain de l'âme !...
Celui qui leur a procuré
Tous ces dons, leur donne une femme,
Une école, un toit, un curé !

Il leur prête pour Providence
Un ange qui tarit leurs pleurs,
Dans leur disette est l'abondance,
Et leur soutien, dans les malheurs !

Cette compagne de sa vie,
Qui leur prodigue tant d'amour,
A les servir tous asservie,
Entre chez eux, au point du jour !

Porteuse de bonne parole,
Comme la sœur de charité,
En paraissant, elle console
Le chevet qu'elle a visité !

Vers les souffrants toujours en quête,
Mère et fille tout à la fois,
Quand on l'entend, l'âme est en fête...
Une musique est dans sa voix !

Bouillon frais, vin vieux, — elle apporte
A tout malade son festin,
Et voltige, de porte en porte,
Comme l'abeille, à son butin !

Aussi comme l'ouvrier l'aime
Et parle d'elle avec orgueil !...
La voir est son bonheur suprême !
Moins douce est l'étoile à son œil !

Ah ! c'est qu'elle est bien son étoile,
Cette Mathilde, au nom si doux,
Au regard si pur, sous le voile,
Quand elle prie, à deux genoux !

III

Mais voici les Pàques fleuries!
Il faut les voir, le cœur joyeux,
S'éparpiller dans les prairies...
Ils ne savent point d'autres jeux!

Entre eux tous entente parfaite,
Pour faire à l'étranger accueil...
Ils sont beaux comme un jour de fête...
Le bonheur respire, à leur seuil!

Et qu'elle est pure, cette ivresse
Que donnent les jours bien remplis!
Point d'ombre aux cœurs qu'elle caresse,
Aux fronts qu'elle orne point de plis!

O vétéran de l'industrie,
Créateur d'un monde enchanté,
Villeneuvette est la patrie
Du poëte qui l'a chanté!

Ah ! que ton existence pleine
Dans la joie y coule toujours!
Ignore le deuil et la peine !
Que Dieu te fasse de longs jours!

Père et citoyen, dont on aime
La bonté d'âme, et la vertu,
Je t'avais promis un poëme !...
Dans ces vers te reconnais-tu ?...

O mon frère! — quand ta paupière
Sera close sous le gazon,
Ton fils gravera sur la pierre
Ces mots qui seront son blason :

« Il fut, sur la terre où nous sommes,
« Un âpre et rude travailleur,
« L'ami de l'ouvrier, des hommes,
« Et des bons pères, le meilleur!!! »

ÉPILOGUE

TOAST PORTÉ

PAR M. L'ABBÉ RENOULT

Ancien professeur de philosophie au Petit séminaire de Saint-Pons

Curé de Puisserguier

DANS UN BANQUET OFFERT A L'AUTEUR DE *RENOUVEAU*

PAR SES COMPATRIOTES ET AMIS DE PUISSERGUIER

POUR FÊTER SA CONVALESCENCE.

« Sacerdotem oportet benedicere. »

« Au prêtre, il appartient de bénir. »

Bénir, c'est le privilége de la paternité, c'est-à-dire de l'amour qui presque seul entre les amours terrestres sait unir la raison à la tendresse, le désintéressement

20

au dévouement, de l'amour qui descend d'en haut et qui ressemble le plus à l'amour du Créateur. C'est là l'amour du prêtre, ce Père terrestre des âmes, que Dieu n'a investi du plus beau de ses titres et de la plus noble de ses attributions qu'en plaçant dans son cœur cette charité débordante qui rend ses prières puissantes et ses bénédictions fécondes.

Que signifie cet exorde, Messieurs? Est-ce un sermon qui commence? La chaire va-t-elle envahir le festin? Chrysostome et Momus ont-ils donc fait l'accord? Et pourquoi ne le feraient-ils pas? Pourquoi hésiterions-nous à les unir dans une certaine mesure et à tempérer par la sagesse de l'un la folle gaîté de l'autre? Ils y gagneront tous les deux : l'un aura plus de condescendance pour les faiblesses humaines, l'autre plus de docilité et de soumission à la raison divine.

Expliquons-nous donc enfin! Je vous propose, messieurs, un toast à la poésie et à l'aimable poëte qui fait l'ornement et la joie de toutes nos réunions.

Qu'il est beau ce talent du poëte, qui, empruntant à l'âme humaine ses accents les plus nobles et les plus élevés, à la nature ses plus ravissantes couleurs, les mêlant, les nuançant avec un art infini, les enchâssant dans un rhythme mélodieux, en forme ces délicieuses

compositions, ces hymnes, ces cantates, ces dithy-
rambes qui, semblables à des palais enchantés, à des
parterres fleuris, à des paysages gracieux ou grandioses,
ravissent notre esprit, font couler nos pleurs, transpor-
tent et charment notre cœur et, nous plaçant dans un
monde tout idéal, nous font oublier l'ennui et les tristesses du monde réel ! Que de talents ne suppose pas
cet unique et rare talent ! Hauteur de vues, noblesse et
délicatesse de sentiments, finesse d'esprit, richesse et
fécondité d'imagination. Que de cordes pour former la
harpe d'un David ou la lyre d'un Orphée !

Que de clefs se sont trouvées posées par la nature
et par l'art, sur la trompette épique d'un Homère et
d'un Virgile, d'un Dante et d'un Tasse? Corneille et
Racine, Lamartine et Hugo, Musset et Reboul, que
sont-ils autre chose que des orgues merveilleuses, com-
posées de mille pièces d'airain, de mille tuyaux so-
nores, d'où le doux et le fort, le léger et le grave, le
gracieux et le tendre, le sublime et le pathétique, s'é-
chappent en flots d'harmonie, et s'en vont réveiller,
sous la touche d'une âme inspirée, ces fibres endormies
qui, depuis la déchéance, se taisent au fond de l'âme
humaine, et qui résonneront un jour toutes à la fois,

pour la gloire du Dieu créateur et rédempteur, au séjour de la poésie céleste!

Oui, messieurs, la poésie est la musique des cieux, comme la musique des anges est sa sœur. Aussi ne crains-je pas de le dire, moi qui pourtant cherche, tant que je le puis, à élargir la route du ciel, ne crains-je pas de le dire, en ajoutant un nouvel anathème à ceux que l'Évangile a déjà prononcés, si toutefois celui-ci n'est pas renfermé dans les autres : Celui qui n'est pas sensible au charme des beaux vers comme au charme des beaux chants, est un Scythe, un Thrace, un barbare, une âme racornie par le péché, indigne de vivre dans un pays chrétien : c'est une âme damnée!!

Tous les saints ont été plus ou moins poëtes, lors même qu'ils n'ont pas fait de vers : témoin un saint François d'Assise, qui, dans une sédition, improvisant un chant inspiré par l'amour divin et fraternel et s'accompagnant de la guitare, calmait la fureur des combattants et les forçait à s'embrasser ?... Cela veut-il dire que tous les poëtes soient des saints. Hélas! non, et la raison en est que la nature seule ne suffit pas à faire un saint ; mais ceux qu'elle dote de ce beau don de la poésie seraient bien coupables s'ils ne s'aidaient pas des richesses qu'elle leur a prodiguées pour le devenir.

Messieurs, Puisserguier a son poëte, et j'en suis fier !... Sur les rives verdoyantes du Lirou, parmi ces riches côteaux couronnés de pampres, un cygne harmonieux est apparu. Ses chants que l'oreille de l'amitié a presque seule entendus, ont révélé en lui un talent facile, d'une souplesse et d'une variété sans égales, d'une belle et aimable originalité. Dans ce pays, où tant d'âmes sont aplaties par l'ignorance du beau et le culte presque exclusif de l'utile, viennent de se faire entendre les premiers sons d'une lyre puissante que les échos de notre vallon et le doux murmure de notre petite rivière ne rediront pas seuls, mais que répéteront bientôt la voix des grands fleuves et les échos de la France entière. Ce poëte, il était le désiré ! Qu'il soit le béni et le bienvenu ! Dans un siècle tout livré à la matière, sa mission est de relever les âmes courbées vers les jouissances terrestres, de réveiller en elles les grands et nobles sentiments, de faire briller la vérité de tout son éclat, de parer la vertu de tous ses charmes, de flétrir le vice et la sotte incrédulité qui l'accompagne ordinairement, du fer brûlant du ridicule et de l'ignominie. Cette mission, elle lui est assignée par ses principes et ceux de sa famille, par l'éducation chrétienne qu'il a reçue, par la nature de son talent, par les triomphes

20.

qu'il a conquis au barreau, par les rapports et les ac-
cointances de toute sa vie. Déjà quelques diamants
sont sortis de son écrin poétique, ce ne sont ni les
plus polis ni les plus beaux; une collection entière en
sortira bientôt, je l'espère, et la France pourra ap-
précier toute sa valeur.

Si Dieu dont les desseins sont toujours justes et mi-
séricordieux, quoique obscurs et impénétrables, a
trempé pendant de longues années son âme dans les
eaux de la tribulation, c'est pour qu'elle en sortît plus
forte et plus pure; c'est pour la dépouiller de cette
rouille païenne que contractent si aisément, au milieu
du monde, les âmes même les plus élevées et les plus
chrétiennes; c'est pour lui montrer, en le conduisant
jusqu'aux portes du tombeau, la vanité de la gloire humaine, pour lui apprendre que le poëte chrétien doit
en laisser la poursuite, ainsi que celle du plaisir, au
vieil Homère, doublement aveugle parce qu'il l'était de
l'esprit et du corps, au vieil Horace qui n'a pas craint
de s'appeler lui-même : *Epicuri de grege porcum ;* pour
lui apprendre aussi que la vie n'est pas un poëme
léger, vaporeux, fantasque, mais une grave épopée dont
les différents chants et les péripéties sont marqués
par des luttes contre le mal et contre les méchants, et

dont le dénoûment, pour celui qui la traverse en héros, est une joie divine, un triomphe éternel.

Puisse son retour à la santé, qui est une grâce de Dieu, lui inspirer la reconnaissance et lui faire remplir son devoir! Puisse cette chère santé se raffermir entiè-rement, arriver à une intégrité parfaite! Ce sont là les vœux que ma vive amitié et ma charité pastorale m'ins-pirent pour lui. Ces vœux, messieurs, je les recueille dans tous vos cœurs ; ils vont sortir de toutes vos bouches : j'en fais un faisceau et je les élève vers le ciel en leur donnant la consécration de la prière. Que nos sympa-thies, que notre amitié, que notre admiration, que nos éloges tombent sur sa tête comme une couronne, et que nos vœux, montant jusqu'à Dieu, descendent sur sa vie comme une bénédiction!

Puisserguier près Béziers, 1er juin 1865.

RÉPONSE AU TOAST

PORTÉ PAR M. L'ABBÉ RENOULT

O vous dont l'amitié, suppléant une mère,
M'a souvent adouci la destinée amère,
Prêtant toute sa force à tous mes désespoirs,
Doux pasteur, si jaloux du salut de mon âme,
Qui du doigt me montrant un but, où l'œil s'enflamme,
Mîtes des cieux d'azur à mes horizons noirs!

Divin consolateur de sept ans de souffrance,
Qui m'avez conforté d'amour et d'espérance,
Lorsque ne pouvant plus croire, aimer, espérer,

Je voulais jeter bas le fardeau de l'épreuve, —
Et qui venez enfin de couronner votre œuvre
Par un élan du cœur qui m'a fait tant pleurer !

Du doute subissant l'étreinte et la torture,
Ma muse dérivait, voguant à l'aventure,
Sans boussole qui pût l'acheminer au port ;
Vous m'avez fait la mer moins orageuse et haute,
Et maintenant je vais, avec vous, côte à côte,
A ces parages sûrs qu'habite le Dieu fort !

Vous m'avez fait jurer de ne point de ma lyre
Laisser tomber un vers que ne puissent relire
L'enfance, la jeunesse et la virginité,
D'être à tout fils d'Adam, à toute fille d'Ève,
Dans cette nuit du siècle, un astre qui se lève,
Rayonne, — et resplendit sur une obscurité !

Et je vous l'ai juré, mes deux mains dans la vôtre !
Dans ces rudes sentiers du prêtre, de l'apôtre,
Vous ayant pour soutien, je ne faiblirai pas !
Vers ce but, (Dieu bénisse et trempe au feu céleste
Et la main qui l'affirme, et la voix qui l'atteste !)
Sans jamais dévier, iront toujours mes pas !

Oui, j'aurai dans le cœur « ces haines vigoureuses
« Que fait sentir le vice aux âmes vertueuses, »
Et je flagellerai les sots et les maudits!
Dieu que je chanterai bénira mes louanges,
Associra mon luth aux lyres de ses anges,
Une voix de la terre aux voix du paradis!!!

—Puisserguier, 1er juin 1865.

FIN.

TABLE

LIVRE DEUXIÈME

MIDI, MONTAGNE NOIRE, ITALIE, SUISSE. — EXCURSIONS, ASCENSIONS, VOYAGES, IMPRESSIONS, PAYSAGES. — ÉTAPES POÉTIQUES.

LIVRE TROISIÈME

CARACTÈRES. — PORTRAITS. — ÉTAPES ET FANTAISIES.

ÉPILOGUE

LIBRAIRIE D'AMBROISE BRAY, ÉDITEUR,

Rue Cassette, 20, à Paris, ci-devant rue des Saints-Pères.

Les Antonins, faisant suite aux *Césars*, par M. de Champagny,
3 vol. in-8°. . . . . fr. 18 »»

Le même ouvrage. 3 forts vol. in-18 anglais. . . fr. 10 50

On retrouvera dans les *Antonins* la même érudition, la même sagacité, le même talent d'écrivain que l'on admire dans les *Césars*.

Les Césars, Histoire des Césars, et Tableau du monde romain sous les premiers empereurs ; par M. de Champagny. 3° édit., revue et augm. 3 vol. in-8. . . . . fr. 18 »»

Le même ouvrage, 3 vol. in-18 anglais. . . . . fr. 10 50

Mgr Pie, évêque de Poitiers, signale l'auteur des *Césars* comme *l'un des penseurs et des historiens les plus remarquables de notre temps.*

M. J. Barbey d'Aurévilly termine ainsi une étude sur les *Césars :*
« Avec des qualités si diverses et si supérieures, l'ouvrage de M. de Champagny devient un tableau complet de la société romaine, étudiée dans son ensemble, puis dans tous ses détails. »

La France Héroïque, vies et récits dramatiques, d'après les documents originaux, par M. Bouniol. 3 vol. in-18 anglais . fr. 8 »»

Les grandes figures de notre histoire revivent ici avec leur physionomie propre et leur caractère distinctif. Par l'heureux emploi des chroniques, par la forme dramatique, l'auteur nous transporte aux époques, aux lieux illustrés par ces héros que nous croyons voir et entendre.

Histoire de saint Léon le Grand et de son siècle ; par M. A. de Saint-Chéron. 2 vol. in-8. . . . . fr. 10 »»

Un Pape au Moyen-Age, Urbain II, par M. Adrien de Brimont. 1 beau vol. in-8° avec portrait . . . . . . fr. 6 »»

Histoire du Pape Innocent III, par F. Hurter, traduite de l'allemand sur la deuxième édition, par A. de Saint-Chéron et J.-B. Haiber. 2° édition. 3 vol. in-8, avec portrait. . fr. 18 »»

Histoire de la papauté pendant le XIV° siècle, avec pièces justificatives ; par l'abbé J. B. Christophe. 3 v. in-8 . fr. 18 »»

La tentative républicaine de Rienzi, la peste noire, l'abolition des templiers, et surtout le grand schisme d'Occident, sont racontés d'une manière neuve et dramatique.

Histoire de la Papauté, pendant le XV° siècle, par le même. 2 forts vol. in-8°. . . . . fr. 14 »»

La *Bibliographie Catholique* a fait le plus grand éloge de ces deux ouvrages de M. l'abbé Christophe.

Histoire de la Papauté pendant les seizième et dix-septième siècles, par Léopold Ranke, traduite de l'allemand par J.-B. Haiber. publiée, augmentée d'une introduction et de nombreuses notes historiques et critiques, continuée jusqu'à nos jours par A. de Saint-Chéron. 2° édition, 3 forts vol. in-8°. . . fr. 18 »»

Le texte de M. Ranke et le travail de M. de Saint-Chéron ont été soumis à l'examen de Mgr Darboy.

Les Pères apostoliques et leur époque (Cours de Sorbonne, 1857-1858) ; par M. l'abbé FREPPEL, professeur à la Faculté de théologie de Paris, 1 fort vol. in-8, sur papier glacé . fr. 6 »»

M. Albert de Broglie signale les *Pères apostoliques* « comme une publication très-intéressante, un ouvrage remarquable par une érudition pleine de clarté et d'un rare talent d'exposition. »

Les Apologistes chrétiens au deuxième siècle, par M. l'abbé FREPPEL, 1ʳᵉ partie : SAINT-JUSTIN (Cours de la Sorbonne, 1858-1859) ; 1 beau vol. in-8 . . . . fr. 6 »»

2ᵉ partie TATIEN, HERMIAS, ATHÉNAGORE, THÉOPHILE d'Antioche, etc. (Cours de Sorbonne 1859-1860). 1 vol. in-8 . fr. 6 »»

Ces deux volumes des *Apologistes* au deuxième siècle offrent le même intérêt et les mêmes qualités que l'on trouve dans les *Pères apostoliques*, dont ils sont la suite.

SAINT IRÉNÉE ET L'ÉLOQUENCE CHRÉTIENNE DANS LA GAULE PENDANT LES DEUX PREMIERS SIÈCLES. 1 fort vol. in-8°. fr. 6 »»

Saint Thomas Becket, archevêque de Cantorbéry et martyr ; *sa Vie et ses Lettres*, précédées d'une introduction sur la lutte entre les deux pouvoirs, par Mgr DARBOY, Arch. de Paris. 2 v. in-8 fr. 12 »»

LE MÊME OUVRAGE. 2 vol. in-18 anglais. . . . . fr. 7 »»

« L'*Introduction* (elle contient deux cent cinquante pages) vaut tout un livre. La science, la raison, l'éloquence même, s'y sont donné rendez-vous pour en faire un vrai chef-d'œuvre. » (Extrait de la *Bibliogr. cathol.*)

Rome Chrétienne, ou Tableau historique des Souvenirs et des Monuments de Rome, par M. E. DE LA GOURNERIE, 3ᵉ édition revue et augmentée. 2 vol. in-18 anglais . . . . . . fr. 7 »»

Mgr l'évêque de Nantes, dans son approbation de *Rome chrétienne*, s'exprime ainsi : « Nous y avons trouvé, avec une doctrine toujours saine une érudition sagement contenue, une appréciation exacte des faits, des personnes et des choses, un style pur et simple, qui rappelle les beaux temps de notre littérature française...»

Histoire d'Urbain V et de son siècle, d'après les manuscrits du Vatican, par M. l'abbé MAGNAN, doct. en théologie et en droit ecclésiastique. 1 fort vol. in-8°. . . . . . . fr. 6 »»

LE MÊME OUVRAGE. 1 vol. in-18 anglais . . . . . fr. 3 50

La *Revue Catholique de Louvain* a dit de cette histoire : « Nous n'avons que des éloges à donner à ce travail savant et consciencieux.»

Rome, lettres d'un pèlerin, par M. EDMOND LAFOND. 2ᵉ édition, revue et augmentée. 2 vol. in-8° . . . . fr. 12

LE MÊME OUVRAGE 2 vol. in-18 anglais. . . . . . fr. 7

L'auteur retrace avec talent les souvenirs de Rome payenne et de Rome chrétienne. Son livre sera un excellent guide pour les nouveaux pèlerins.

Histoire du Monastère de Lérins, par M. l'abbé ALLIEZ, 2 beaux vol. grand in-8°. . . . . fr. 15 »»

Cet ouvrage, approuvé par N. N. S. S. les Evêques de Fréjus, de Digne et de Marseille, a mérité les éloges les plus flatteurs de M. de Montalembert.

Histoire de saint Pie V, pape, par M. le comte DE FALLOUX, auteur de *Louis XVI*. 3e édit. 2 vol. grand in-18 anglais. fr. 7 »»

Histoire du Pape Sylvestre II et de son siècle, par C. F. HOCK, traduite de l'allemand par l'abbé AXINGER. 1 fort vol. in-8. fr. 6 »»

Mémoires du cardinal Pacca, sur le Pontificat de Pie VII, traduits par M. QUEYRAS, traducteur des *Œuvres complètes*. Nouvelle édition, 2 vol. in-18 anglais, avec portraits. . . fr. 6 »»

« Tout le monde est d'accord sur l'importance et le mérite des écrits du cardinal Pacca; on y admire cette finesse d'esprit mêlée de jovialité et de fermeté, cette franchise, cet amour de la vérité, qui forment le fond du caractère de l'illustre confesseur de la foi. Ses *Mémoires* sont un complément nécessaire aux histoires de Pie VII et de Napoléon. » (Extrait de la *Bibliogr. cathol.*)

Etudes sur la Réforme, par M. AUDIN.

Un grand nombre d'archevêques et d'évêques de France ont approuvé les ouvrages de M. Audin dans les termes les plus flatteurs. Nous ne citerons que l'approbation de S. E. le cardinal Villecourt, laquelle résume toutes les autres : « Partout nous avons admiré l'exactitude historique et théologique, une érudition profonde, une inviolable impartialité, des jugements sûrs, un style agréable par sa pureté, sa variété, sa vivacité. »

HISTOIRE DE LUTHER. 3 vol. in-8, avec planches . fr. 20 »»
ou 3 volumes in-12. . . . . fr. 10 50
HISTOIRE DE CALVIN. 2 vol. in-8. avec portr. . . fr. 12 »»
ou 2 volumes in-12. . . . . fr. 7 »»
HISTOIRE DE LÉON X. 2 vol. in-8. avec portr . . fr. 12 »»
ou 2 volumes in-12 . . . . fr. 7 »»
HISTOIRE DE HENRI VIII 2 volumes in-12 . . . fr. 7 »»
Chacune de ces histoires abrégée, 1 fort vol. in-12. fr. 2 50

Histoire de Thomas More, grand chancelier d'Angleterre, par STAPLETON, traduite par ALEX. MARTIN, avec une introduction et des commentaires, par M AUDIN — 1 fort v. in-8 fr. 6 »»

Réforme contre la réforme (La), ou Apologie du catholicisme par les protestants, traduit de l'allemand de HŒNINGHAUS, par MM. S. et W., précédée d'une introduction de M. AUDIN. — 2 forts vol. in-8. . . . . fr. 12 »»

LE MÊME OUVRAGE, 2 volumes in-12. . . . . . fr. 7 »»

Ce n'est point ici un livre de controverse, mais la plus éloquente défense du catholicisme. Dans cette œuvre, que Mœhler appelait un prodige d'érudition, il n'est pas une ligne qui n'appartienne à un dissident. Chaque gloire de la Réforme vient payer son tribut d'admiration aux dogmes, à la discipline, à la morale de notre culte.

Saint Vincent de Paul, sa Vie, son Temps, ses Œuvres, son Influence, par M. l'abbé U. MAYNARD, chanoine honoraire de Poitiers. 4 forts vol. in-8, sur papier glacé, ornés de portraits. fr. 24 »»

« ... Votre œuvre est conçue largement et exécutée avec cette distinction et cette verve que vous faites paraître dans tous vos écrits; de plus, vos recherches si consciencieuses la rendent solide et complète, elle vivra...» (*Lettre de Mgr Darboy.*)

Vie de saint Vincent de Paul, (extraite de l'histoire complète en 4 vol. in-8,) par M. l'abbé MAYNARD, 1 vol in-18 angl. fr. 3 »»

LE MÊME OUVRAGE, 1 vol in-8 avec portrait. . . . fr. 5 »»

Vie de saint Philippe de Néri, suivie d'un Appendice sur les *Oratoires* de France et d'Angleterre et des Maximes du Saint pour chaque jour de l'année, par M. l'abbé BAYLE, auteur de la *Vie de saint Vincent Ferrier*, etc. 1 fort vol. in-8. . . fr. 6 »»

LE MÊME OUVRAGE sans l'APPENDICE. 1 vol. in-18 angl. fr. 3 »»

« ... Une introduction ayant pour objet le culte des saints, un recueil de Maximes, ajoutent un nouveau prix à cette pieuse histoire, à laquelle rien ne manque, à notre avis : la simplicité et la facilité élégante du style, l'intérêt et le charme du récit, mais surtout la grandeur et la popularité du héros, tout concourt à rendre ce livre un des meilleurs et des plus utiles en ce genre. » *(Bibl. cath.)*

Histoire de saint Jean Chrysostôme sa vie, ses écrits; par M. l'abbé J. B. BERGIER. 1 fort vol. in-8. . . . . . fr. 5 »»

LE MÊME OUVRAGE, 1 volume in-18 anglais. . . . fr. 3 »»

« L'habile historien nous présente l'histoire de saint Chrysostôme au moyen du saint lui-même. Tous les évènements de sa vie apostolique et ceux de son époque se reflètent dans ses discours et dans ses œuvres comme dans de brillants miroirs. C'est la source du plus vif intérêt pour le lecteur. » *(Univers.)*

Histoire de l'Abbaye de Saint-Denis, par F. D'AYZAC. 2 beaux et fort vol. grand in-8º avec carte et plans. . . . fr. 20 »»

Cet ouvrage a été couronné par l'Académie.

Origines de la Société Moderne (Les), ou Histoire des quatre premiers siècles du moyen âge; par M. A. M. POINSIGNON, ancien professeur d'histoire, docteur ès lettres. 2 forts v. in-8. fr. 12 »»

S. E. le cardinal Gousset fait la plus grande estime de ce travail.

Histoire de Jeanne d'Arc, d'après les chroniques contemporaines par M. l'abbé BARTHELEMY, 2 volumes in-8º. . . fr. 8 »»

LE MÊME OUVRAGE, orné de quatre gravures. . . fr. 10 »»

On a beaucoup écrit sur Jeanne d'Arc, mais cette histoire est une des plus complètes et des plus propres à faire ressortir son rôle providentiel.

Guerres de la Bretagne et de la Vendée, par M. EUGÈNE VEUILLOT. 2e édition. 1 fort vol. in-18 anglais. . . . fr. 3 50

Paris. — Imp. Divay et Cᵉ, rue N.-D. des Champs, 40.